寫論文，其實不難

學術新鮮人必讀本

（增訂二版）

林淑馨◆著

巨流圖書公司印行

國家圖書館出版品預行編目（CIP）資料

寫論文,其實不難：學術新鮮人必讀本 / 林淑馨著.
-- 二版. -- 高雄市：巨流, 2018.08
面； 公分
ISBN 978-957-732-569-3（平裝）
1. 論文寫作法
811.4 107012579

寫論文，其實不難
學術新鮮人必讀本
(增訂二版)

作　　者　林淑馨
責任編輯　邱仕弘
封面設計　黃齡儀

發 行 人　楊曉華
總 編 輯　蔡國彬

出　　版　巨流圖書股份有限公司
80252 高雄市苓雅區五福一路 57 號 2 樓之 2
電話：07-2265267
傳真：07-2264697
e-mail：chuliu@liwen. com. tw
網址：http://www.liwen.com.tw

編 輯 部　23445 新北市永和區秀朗路一段 41 號
電話：02-29222396
傳真：02-29220464

劃撥帳號　01002323 巨流圖書股份有限公司
購書專線　07-2265267 轉 236

法律顧問　林廷隆律師
電話：02-29658212

出版登記證　局版台業字第 1045 號

巨流
ISBN 978-957-732-569-3（平裝）
二版一刷・2018 年 8 月
二版四刷・2024 年 9 月

定價：350 元

再版序

最近這幾年，念研究所的學生變少了，或許受到媒體大肆報導的影響，多數學生認為「高學歷高失業率」、「碩博士滿街跑」，所以不想再進一步學習。然而，真的高學歷高失業率嗎？現今的大學教育真的已經足夠了嗎？碩士和學士的最大差異在於專業的養成、方法論和邏輯的訓練，而這些全都表現在論文上。因此，從一本論文的好壞就可以判斷該碩士生所具備的實力。只不過雖然拿到碩士學位的人數增加，但卻不代表碩士論文的品質是隨量的增加而正向成長。這是我經常思考的問題，為什麼會這樣呢？

時間過得真快，距離上次本書的初版已經過了五年。這段期間社會環境不斷改變，碩博班的市場快速萎縮，但不變的是學生對於寫論文的抱怨和恐懼，且論文品質每況愈下。儘管我在上課努力藉由實例告訴學生寫作技巧，甚至要學生練習，但我發現，或許受到網際網路的影響，學生的文字能力、閱讀能力和理解能力正在急速下降中。過多抽象或理論性的文字，對多數的學生而言是吃力的、不著邊際的。也因此，惟有透過更具體的實例，明白告訴學生何者為佳？何者為劣？才能避免不斷發生重蹈覆轍的情形。也因此，在這次再版的修正過程中，作者嘗試將上述的感觸融入到書中，盡量將論文章節可以拆解之處予以步驟化、操作化，希望透過更多技巧和範例說明，協助讀者盡快掌握和提升寫作能力，進而完成一本有水準、無愧於己的論文。

然而，即便說再多技巧，舉再多實例，若不能多閱讀、多寫、多思考、多用心體會，要成就一本好論文仍有其難度。因此提醒各位讀者，基本功的養成很重要。無論是碩士或博士學位，重要的不是「學位證書」這張文憑，而是清晰思考邏輯、條理批判能力的實質增強。相信若是有了這些素養，將來無論是繼續從事研究或到民間企業工作，應都是最重要的「利器」，而且無往不利。

本書得以完成，應該感謝所有曾經上過我質化研究課程的學生，以及我曾指導過或口試過的研究生。因為在與你們互動的教學過程中，我才知道並體會學生們的煩惱與需求，以及所可能經常犯的錯誤，這些都成了寫作的最佳題材。另外，感謝巨流出版社長期的信任與支持。最後，希望本書的再版更能滿足與回應想寫論文或正在寫論文的初學者之困惑，提供最基本參考。書中所提建議與範例乃是個人的經驗，或許仍有未臻完善之處，還敬請各位予以批評指教。

林淑馨

2018 年 5 月 21 日

於公共事務學院 326 研究室

CONTENTS

Chapter 1
進入研究的世界

1-1 人類求取知識的方法與易犯之錯誤

1-2 定位論文類型

1-3 尋找論文題目

1-4 論文題目的訂定技巧

1-5 研究環境的建構與心理認知

在還未著手寫論文前，很多人可能對於如何撰寫論文感到惶恐與不安，因為光是聽到「論文」兩字，多會覺得艱澀、枯燥無味，甚至敬而遠之。但事實上，論文本身並沒有你我想像中的無聊，如果把寫論文當作是對一種未知現象的瞭解與探究，透過寫論文的探尋過程，正可以幫助我們去釐清過去不清楚與不瞭解的事物或制度，進而增加自己某方面的專業知識。那麼，寫論文這件事應該就沒有那麼「偉大」與「嚇人」了。

由於論文有許多種類，在正式寫論文前，應該先想好本身論文的定位究竟在哪？有何用途？接著才能開始著手找尋論文題目或指導教授，所以定位論文是件相當重要的事。此外，在許許多多的主題中究竟哪一個才適合自己？應考慮的條件有哪些？要如何才能避免辛苦訂定的題目，被批評缺乏創新性，沒有學術價值？準備寫論文時，應該注意哪些事項？相信這些都是在剛進入研究領域時許多初學者所抱持的種種疑惑。基於此，在本書第一章中，先分析人們求取知識的方法與易犯之錯誤，再就上述這些基本問題進行說明，以幫助讀者建立正確的觀念。

1-1

人類求取知識的方法與易犯之錯誤

人類對於知識的渴望是自古與生俱來的，人類不斷地在追尋「什麼是真實」的問題，而科學就是在這過程中形成的一種答案，它提供約定成俗的事實和經驗真實的方法。科學家對於非親身經驗的事情，會用很多標準來評斷，才會把這些事物視為真實。大抵而言，一個論點必須有邏輯（logical）和實證（empirical）兩方面的支持，必須是言之成理，也要能夠符合人類對世界的觀察（Earl Babbie 著，邱泯科、陳佳穎、蔡毓智、姜馨彥譯，2004：6）。因之，科學家會利用研究，透過親身的經驗來發現真實。透過社會科學方法論，將可瞭解社會科學家如何探索人類的生活方式，而方法論則可說是一種為了尋找答案而發展出的科學。

事實上，探索為人類獲取知識的一種方式，也是人類與生俱來的本能。由於人類獲取知識來源非常多樣，所以人們通常會根據生活中的推理和常識來瞭解社會上的事情（W. Lawrence Neuman 著，朱柔若譯，2000：6）。基本上，預測以及瞭解在人類的探索上應是有所區別的，但是通常在不瞭解的狀況之下往往也能做出預測——例如或許膝蓋痠痛時就可以預知要下雨。預知未來通常被放置在知識和瞭解的範圍內。當瞭解事物之間的關連性，所產生的一套固定行為模式，比起不瞭解事物間的相關性而僅知道這些模式，預測將會更準確。因此，人類探索的目的是為了知道什麼是事實，以及造成事實的原因，並且透過觀察與推理來達成這兩個目標（Earl Babbie 著，李美華等譯，1998：8）。

如前所述，人類知識的來源有直接經驗的累積和約定成俗的告知。前者因是個人親身經歷，故較不容懷疑，然後者雖是約定成俗的知識，卻可能隨著環境改變或其來源的不明確而有所改變，所以，約定成俗的知識雖然可以幫助研究者迅速累積知識，但另一方面卻也有可能阻礙研究者進一步發現真實。以下分別探討在科學產生之前，人類求取知識的幾種方法。

一、基於時間的認知：傳統法

人類對於世界的瞭解，部分是由探索而來的，但絕大部分人類所知道的，是一種約定成俗的知識，而傳統即是二手知識的來源之一。W. Lawrence Neuman（引自朱柔若譯，2000：6）認為，所謂的傳統，就是接受某事並視之為真，因為該事長久以來一直都是這個樣子；Earl Babbie（引自李美華等譯，1998：8）則認為，傳統是因為每個人都繼承了某種文化，而文化有一部分是由根深蒂固的知識所構成的。繼承文化在人類瞭解事物的過程中扮演著重要的角色，接受傳統對人類的探索有許多的幫助，當接受眾人皆知的事物，可以免去許多自我探索的時間。所以，對於傳統知識而言，時間的過程本身是檢驗一種說法是否正確的基礎所在（Janet M. Ruane 著，王修曉譯，2007：6）。然而，卻也因為傳統知識是以時間作為支持基礎，所以難以確保知識的準確性和可靠性。另一方面，傳統也會造成人們探索的阻礙，由於過於相信傳統留下來的知識，並未做深入的瞭解與進一步尋求其真實性。傳統知識也許在當下的時間點是真實的，但隨著時間的演進，其真實性也許不再適用於當下的社會。再加上早期的社會是較封閉，與外界接觸也不是那麼容易，所以某些傳統的社會知識不過是緣起於單純的偏見。基於此，傳統的限制在於，其在某段期間可能為真，但是隨著年代的演進，它可能會被扭曲（W. Lawrence Neuman 著，朱柔若譯，2000：6），所以容易發生過早妄下斷語的現象，亦即當自己覺得掌握了全部的答案時，即不再需要聆聽、向外尋找資訊或是提出質疑。

二、基於資歷和信賴的認知：權威法

當你接受某事為真，是因為權威人士說它是真的，或是因為它是刊載在某本權威性的刊物之上，那麼便是以權威作為知識的基礎（W. Lawrence Neuman 著，朱柔若譯，2000：5）。Chava Frankfort Nachmias 與 David Nachmias（引自潘明宏、陳志瑋譯，2001：6）認為，在權威的模式中，人們獲取知識的方式是透過社會上與政治上被視為有資格製造知識的人；如部落社會中的祭司、神權社會中的主教、君主制社會中的國王以及科技社會中的科學家皆被視為是權威的來源。在日常生活中，人們經常不知不覺地接受權威知識而不自知，且深信不疑；例如當人們在讀書、看報、聽廣播、看電視或學習時，都是在接受權威的知識。因此，就權威法而言，知識是由權威人士所傳下來的（Thomas Herzog 著，朱柔若譯，1996：3）。不過人們對權威知識的接受程度，往往關係著權威者的地位或其值得信賴的程度，當權威者在該領域享有崇高的地位以及盛名時，所表示的意見或發言通常被視為具有很高的可信度，或者是當權威人士被認為值得信賴時，就不會懷疑其傳授知識的效度，例如許多父母多少都根據兒童教育「專家」的建議來撫養自己的孩子，而一般人幾乎也不曾懷疑醫生的診斷或開的處方，所以 Thomas Herzog 認為，知識的接受全憑信仰（轉引自朱柔若譯，1996：3）。就因為大部分民眾皆認為「專家」或「醫生」有專業知識和訓練，所以其發言就具有準確性和正確性。但就像傳統一樣，權威雖然有助於人們瞭解事物，卻也可能因此會阻礙人們的探索。因為即使是權威也有其限制。有時候，人們容易高估權威人士的專業能力，以致有些專業人士在非專業領域上發表意見時，明明已經超過其權威的範圍，人們卻依然深信不疑，奉為真理。基於此，人們應該是有條件地接受權威所提供的知識。

三、基於感官的認知：經驗法

經驗法是依靠人的感官來獲取知識。經驗是知識主要的來源，其包括的範圍很廣，如前人的經驗、個人在日常生活中的體驗與觀察或多數人所接受的常識。然而，前人的經驗或個人在日常生活中的體驗與觀察通常並不精確，有些經驗甚至是以偏概全或充滿偏見，如將其概括為系統知識時，常會出現主觀武斷或推理錯誤的情形。例如人們多認為，女性的運動能力、機械操作能力遠不如男性，證據之一在於女性駕駛員出事比例高於男性駕駛員。但科學家對同一年齡組的男女駕駛員進行調查卻顯示，在行駛同樣公里數時，男駕駛員的出事率比女駕駛員還要高。之所以會對女性有如此錯誤的認知，乃基於傳統的偏見所致或觀察的片面性（袁方主編，2002：12）。

四、基於直覺和洞察的知識：思辨法

思辨法是依靠直覺、洞察和邏輯推理來獲取知識。古代的思辨哲學家認為經驗只能反應事物的表象是不可靠的，而真理是超越感覺經驗的，因此只有通過直覺與洞察才能發現事物的本質。直覺提供的知識是人們可以感覺到的東西，但卻說不出個所以然，無法提出證據。當觀察到的現象與直覺相符合時便會加強對直覺的依賴，但思辨法所提供的知識是靠邏輯推理所來證明的，所以只要「公理」是真實的，所推論出來的即為事實，但其困境在於「公理」是無法被經驗證實的（袁方主編，2002：12-13）。

綜上所述得知，以上四種知識來源為現今人們在尋求知識時常用的方法，惟知識的來源有許多種，人們在尋求知識的過程中常會犯錯卻不自覺，而不正確的觀察、不合邏輯的推理、過度概化、選擇性的觀察與不合邏輯的推理即是人們在尋求知識時所容易犯下的錯誤。以下分述之：

（一）不正確的觀察

不正確的觀察意指人們常認為生活中的觀察多是不經意的，有時可能加入個人主觀偏見，所以容易在觀察中犯錯。然而相較於一般的探索，科學觀察強調的是一種有自覺的活動，可以透過小心審慎的觀察來減少錯誤產生的頻率。

（二）過度概化

過度概化指的是當人們尋找事物的模式或規律時，通常會把相類似的事件當作是有某種模式的證據（Earl Babbie 著，李美華等譯，1998：10；W. Lawrence Neuman 著，朱柔若譯，2000：9）。問題是人們通則化時，常類推到遠超過證據有效的範圍之外；例如有人可能在旅行中遇到不友善的韓國人，因此認為所有韓國人皆不友善，此即為過度概化。所以科學家多會以足夠的觀察樣本來佐證以避免過度概化，而重覆實驗（replication）則是避免過度概化的一種有效方法。

（三）選擇性觀察

過度概化的危險之一，會導致選擇性觀察（Earl Babbie 著，李美華等譯，1998：10-11）。例如有人曾經和韓國人一起共事，因感覺那位韓國人是大男人主義，就推論所有韓國男人都是大男人主義，從此就開始注意韓國男人的大男人行徑，而忽略其他體貼細心的韓國男人。這是由於發生在本身所注意的人或事時，人們習慣會根據其特性或己身的經驗來建立通則。這時人們常將焦點集中在某些特殊的案例或情況，特別是當這些事符合己身的想法時，人們經常會找出肯定或支持自己想法的證據，而忽略了其他例子以及與己身相衝突的個案（W. Lawrence Neuman 著，朱柔若譯，2000：9）。

（四）不合邏輯的推理

不合邏輯的推理乃是在發現所觀察到的事物和原先的結論有所抵觸的時候，人們處理的方式之一是以「通則中的例外」來證明通則的存在，但這根本不合邏輯。例外只能讓人們注意到通則，但卻沒有任何邏輯系統可以讓例外來證明與之相抵觸的通則。如「賭徒的謬誤」即是日常生活中最常見不合邏輯的例子。整晚手氣都很差的賭徒，總認為再幾把以後手氣就會轉順，因此始終捨不得離開賭桌（Earl Babbie 著，李美華等譯，1998：12）。

釐清上述人們獲取知識的方式所可能產生的限制之後，可以認識到一件事，亦即日常生活充斥著各式各樣的資訊，這些資訊的獲取雖然極為快速和簡便，但這些資訊的來源卻未必可靠，特別是基於傳統或權威所傳遞的知識，因是長期存在或出自於權威者的口中，自然不容許被懷疑，而被視為是真理並全盤接受。然而，這些知識有許多是未經驗證的，隨著時空的變遷，許多原來所熟知的事物或許已不符合現代的時空環境，所以有必要進一步探究這些知識的真實性，而科學就是為了要解決人類探索困境所衍生出的一種較為可靠的認知方法，至於論文乃是研究者為求獲取知識或答案，透過科學方法而呈現的一種研究成果。

1-2

定位論文類型

一般而言，由於研究課題的性質及內容的不同，論文會產生多種樣貌，每一種性質的論文都有其獨特性與價值性，研究者可以考慮自身所設定的讀者類別來定位，而寫出不同風格的論文。以下作者根據文章的內容與用途將其區分為理論研究、實際工作、反映概況、專門問題、研究方法等五種不同類型，並加以說明其特質如下（葉至誠、葉立誠，2001：240-242；王文科、王智弘，2004：759-760）：

一、理論研究型

理論研究型的論文是以學術或學科研究為出發點，為發展學術或學科理論體系而寫。此類型的論文，直接目的是為了提出、證明、闡明學術或學科理論觀點、理論假設、理論原理。研究者以探源溯流方式分析學理的發展，旨在擴充或修正學理上的構念。所以，在此類型的論文中，研究者通常會提出新的理論或分析現有理論的瑕疵，甚或展現某一理論優於另一理論之處，亦即研究者通常會檢視理論的內、外在一致性，評論理論是否有自相矛盾之處或是理論與實務是否相互衝突。**也因之，此種類型的論文在寫作上因要求較嚴謹，難度較高，但學術價值也相對提高，如學術性論文。**

二、實際工作型

實際工作型的論文，通常是為了某種工作需要以及解決某種實際問題而寫的。由於實際工作型的論文是為了實際工作需要而寫的，因而其適用面較廣，對政府部門、群眾團體、各行業、各單位等都可適用。也因之，**此類型的論文通常不會要求太多理論，而偏重在實務的描述，所以要把撰寫的重點放在針對解決某種問題、提出諮詢性建議和意見上，如技術性報告。**

三、反映概況型

反映概況型的調查研究報告，是對被研究者的基本情況或調查對象的基本特徵作出綜合的反映，給讀者提供一個比較完整的概貌。這樣使讀者既對調查事實縱向的前因後果、來龍去脈、發展變化有比較明晰的瞭解，也對調查事實橫向的組成方面，以及縱橫交錯的關係有比較清楚的瞭解，從而得到一個比較完整概況認識，如國民生活調查報告。

四、專門問題型

專門問題型的論文是圍繞某一專門問題而寫的，此類論文所涉及的問題不一定是實際工作中需要及時解決的某一具體問題，因而**此類調查的研究論文不是著重提供諮詢建議或具體問題，而是對社會生活中存在的現象，從狀況表現、發生原因、發展趨勢、產生後果等方面做出描述和分析性結論，提供有關部門參考，如委託研究報告。**

五、研究方法型

此類論文在於提供研究者社群新的研究觀點、修正現有的方法，以及討論量的資料分析的方法。**其焦點置於方法論或資料分析的觀點，在解說該方法時，應導入實證的資料**。研究方法的論文應提供研究者詳細的資料，使得研究者可以將該方法應用於研究問題之上。進而言之，此類研究報告可使讀者合理的將該方法與時下使用的替代方法做比較，並執行該方法。

由上所述可得知，論文的基本內涵似乎脫離不了描述、解釋、建議等三項要素，因此研究者可以根據讀者類型與實際所需，選擇合適的論文類型來作為呈現研究成果的方式。在本書中所提到的論文，基本上是以嚴謹度要求較高的「理論研究型」論文為主，相信各位讀者若能熟悉此類型論文的寫作方式，應也可以應用到其他類型的論文寫作。

1-3

尋找論文題目

一般來說，如何找尋適切的研究題目？經常困擾著初學者。由於題目的作用在於反映出論文的內容，同時吸引讀者對該研究感到興趣，因此**在文字上要準確、簡明與新穎，並能概括將研究的內容表達出來，最忌諱「文不對題」**。例如若是以「我國社福型基金會與政府互動關係之研究」為研究標題，會讓人誤以為該論文是欲探討全國社福型基金會與政府的互動關係，但若文章中卻僅以少數一、兩個社福型基金會為觀察對象，則上述的標題就與內文明顯不符。

另外，**標題太大或太小[1]，以及概念過於抽象、模糊，都可能影響論文的完成**。例如「我國環境問題之研究」或「台灣非營利組織的問題」都屬於研究標題過大的類型，像這樣以我國整體環境或非營利組織為研究對象的題目，研究者難以在有限的時間與能力下做完整的討論，再加上題目過大，研究內容也難以聚焦，而容易使研究報告的品質受到限制。根據作者的教學經驗，一般初學者的論文題目可以歸納成下列幾種類型：

第一、新政策、時事或議題類型。多數學生喜歡從時事中

---

[1] 像「我國教育政策的問題點」或「台灣非營利組織發展現況之探討」等題目，都屬於標題較小的類型。一般而言，「問題點」或「現況」較不適合成為碩博士論文的研究標題，但卻適用於小論文的標題。

尋找寫論文的靈感，因此，新的政策、剛發生的時事常成為學生寫論文的最愛；如「統一發票政策對社福型非營利組織的影響」、「從新公共管理來探討考績法修正丙等的比例」、「我國青年成家住宅補貼方案政策之探討」、「實價登錄制度的成效」、「全民健保制度與政策分析」等等。**然而**，正因為所討論的是最新的議題或剛實施的政策，所以在資料蒐集方面可能會面臨找不到相關期刊論文或僅流於參考「新聞」等「不足」的困境。

第二、熱門主題型。這類型的題目與上述新政策或議題類型有部分類似，可能因為新政策而受矚目，但也有可能因影響範圍廣泛，而持續引發大眾關切或熱烈討論，所以經常被學生認為是有討論或研究的價值；如「當 WEB2.0 遇上非營利組織」、「桃園縣政府治理地方概念之研究」、「影響高鐵 BOT 政策執行的政治經濟分析」、「中國大陸網路公民社會之研究：以問責制為例」等等。這類型的題目固然有其探討的價值，但除了可能面臨資料不足的問題外，還常因研究範圍太大或主題不明確而面臨在寫作時無法聚焦的難題。

第三、鋪天蓋地型。這類型的題目有共通的特徵就是「題目很大」，每個題目都可以寫成好幾本書；如「全球化下的台灣財政」、「公民參與」、「兩岸關係新局發展與思考」、「海峽兩岸經濟整合與軍事衝突」、「藍海策略」、「非營利組織的募款機制」等等。然因寫論文有時間、範圍的限制，需要的是研究的「深度」而非「廣度」，最好符合「小題大作」的標準，也因此，這類型的題目並不適合作為研究論文的主題。

第四、四平八穩型。相較於前述三種類型的論文題目追求「新穎」、「廣泛」、「熱門」，這類型的題目雖顯得較不起眼但卻平實許多，如「環保型非營利組織的行銷策略之研究」、「為何政府失靈？離島建設基金之執行與評估」、「俄羅斯與歐盟的能源關係：依賴或互賴」、「地方政府政策執行能力之探討：以國民年金政策為例」、「公部門與 NPO 的互動關係——以八八水災為例」等等。由於這類型論文所要探討的主題與範圍在一開始設定時就較為清楚明確，因此通常被認為是較理想且可行性較高的論文題目。

由以上所述可知，一般初學者在欲進行研究之時，最苦惱的莫過於尋找研究主題或合適的個案。因為研究主題看似很多，卻不知從何著手，也不確定是否有研究的意義。一般來說，**時事、生活經驗或知識上的困惑都可能激起研究者想要探究的慾望，而成為研究主題，但是否有學術上研究的價值，恐怕無法如此簡單判斷**。那麼，該如何找尋合適的論文題目呢？作者認為應考量下列幾項條件：

一、選擇本身有興趣且已熟悉之題目

如前所述，部分學生在思考論文題目時，不問自己的興趣，很容易受到新政策或時事議題的影響，誤以為越新的題目越時髦，越有研究價值，卻忽略可能產生資料不足或自己對該議題的瞭解還不夠，而產生研究中斷或無法完成的風險。因此，在選擇論文題目時，首先應考量本身對該主題是否有相當的興趣，畢竟在選定研究主題後，該題目至少跟隨你一年以上，每天常相左右，如果沒有興趣是很難堅持下去的，容易半途而廢。

除了興趣外，部分學生因為在職或是想早點進入社會，有畢業時程的壓力。為了不拉長修業年限，最好還是選擇自己已經有某種專業知識的研究主題。因為如果對研究主題完全不瞭解，必須從基礎開始，是需花費較長的時間。故建議可以試著回想大學或研究所修過哪些課程，其內容是本身所感興趣的；例如大學時代唸過公共政策或公共管理，可以嘗試從相關政策或管理工具著手；或是上課時老師曾經提過哪些議題可以深入研究，有進一步探討的必要（這點相當重要，可以節省不少時間）；例如作者曾在上課時提出非營利組織的課責問題或資訊公開是值得探討，有研究生聽到覺得感興趣，就上網找資料，發現這方面的相關研究非常少，就引發他的研究興趣。又或是工作中曾經或現在面臨的問題，例如公務員考績制度改革因會影響到自身的權益，所以就有在職專班的研究生興起對此議題進行研究的意圖等等。當然，若研究者本身對陌生的主題有相當的興趣與熱誠，願意從頭開始，也是可以嘗試的。

二、選擇可行且本身有能力操作之題目

在選定題目時，首先應考量其可行性。一般而言，除非是博士課程的修業期限較長外，碩士課程最多四年，而大多數的學生都希望在兩、三年內畢業，因此就需評估題目的可行程度。萬一選個正在研擬或發展中的政策作為研究主題，那麼研

究進度可能會受該政策推行進度影響。例如當年作者的指導教授曾經因為台鐵正研擬推動民營化，而建議作者以台鐵民營化為博士論文研究題目（指導教授是日本人，不清楚我國政策發展情況）。但作者考慮到國內政策不確定性太高，風險較大。若以此為研究題目，萬一過程中民營化政策停滯或中止，則可能產生研究難以完成的窘境，甚至無法取得學位，故改以日本已經完成民營化的鐵路和電信事業為研究主題。事後也證實當初作者的考量是正確的，因為後來台鐵民營化政策一再拖延，最後乃不了了之。因此，建議讀者在思考論文題目時，應將自己預計何時畢業，也就是究竟可以花多少從事研究的時間因素也一併考量進去，才不會發生研究不下去的情形。

有些學生在選擇研究題目時可能企圖心太大，常常會訂出超出本身能力的題目。例如曾有學生來找我商量，說指導教授對日本社會福利很有興趣，希望該生以此為論文題目進行研究。但該生不懂日文，若想要瞭解日本的社會福利政策，只能透過翻譯軟體或是中文論文，而無法掌握日本最新期刊論文或相關網站資料，故所能夠找的資料相當有限，論文本身只成為次級資料的整理，而了無新意，因此在這種情況下是不鼓勵做如此大膽嘗試的。另外，有的指導教授會直接給學生題目或暗示學生以此方向進行研究。雖說可以節省「嘗試錯誤」的摸索時間，但因學生本身並不瞭解該主題的研究目的，也不清楚本身是否有能力完成而貿然答應（例如該研究需用量化研究法才能完成，但本身並不擅長統計分析等），都會影響日後論文完成度與品質。因此，在選定論文題目時，應考量本身是否真能理解並掌握題目的意義，以及能否獨立蒐集資料與分析整理資料。

三、資料是否充足

如前所述，選擇剛發生的時事或新頒布的政策（如在政策剛實施不到一年，去探討實價登錄制度、長照政策的實施成效，或是電子發票對非營利組織產生的影響等）作為研究主題，雖說因沒有人研究過，可以避免與他人的題目重複之困境產生，而有其學術上的貢獻與價值，但正因為議題太新，反倒容易發生資料不足與蒐集不易等問題。試想，一本社會科學領域的學術論文，少說也有五、六十頁，常見的更是多達一百頁。如果資料不足，能找到的資料相當有限，再加上議題太新，相關當事人可能因成效尚未顯現不願接受訪談或民眾瞭解不深無法填寫問卷時，無論是輔以訪談或問卷，最後都還是很難完成論文。因此，以個人的指導經驗而言，當學生來商量論文題目時，若是遇到不熟悉的研究主題，則會要求學生先把至目前為止找到的相關文獻（含期刊論文與碩博士論文）列成清單，以作為協助判斷該研究主題資料充足與否以及能否繼續研究的基礎。若是資料本身相當豐富，可以據此檢視研究主題是否會重複或缺乏創新性，避免「炒冷飯」情形出現。倘若資料很少，也可以藉此提醒學生是否要再三思，審慎評估研究完成的可能性。例如曾經有學生想從公私協力的角度研究社會住宅的可行性，雖然作者對公私協力有相當瞭解，但卻不清楚社會住宅在台灣的研究狀況，所以即要學生將相關文獻列出，後來發現社會住宅在台灣雖屬於新的議題，但仍有相當程度的討論，可以避免資料不足的問題，於是就鼓勵學生朝此方向進行。基於上述，建議初學者如欲設定論文題目，可以仿照上述作者所言，先自行列出相關文獻清單自我檢視，再以此為基礎跟老師討論，想必會比較容易找到有價值的研究主題。

四、題目範圍不要過大，卻也不要太窄

在思考論文題目時，切記題目範圍千萬不要太大，這樣是無法操作的，例如「公民參與」、「兩岸關係新局發展與思考」、「藍海策略」、「非營利組織的募款機制」。**像這樣的題目因為可討論的範圍相當廣泛，也太抽象，比較適合寫成專書，卻不符合論文本身「小題大作」，也就是對於「深度」的要求，所以不適合拿來當作論文題目**。較好的論文題目是一目了然，讓人一看就知道作者想要研究什麼，例如「台灣非政府組織之援外活動——以慈濟個案為例」、「政府採 BOT 方式推動公共建設計畫執行之審計——以國道高速公路電子收費營運案為例」等，由於這類型的題目設定範圍相當清楚，在寫作時比較容易聚焦，也有助於論文的早日完成。

另外，部分學生或許是受到大學時代寫報告經驗的影響，在訂定研究主題時常以「……的重要性」、「……的角色」或是「……現況」為題。雖說題目太大難以操作或完成，但太小或太窄，討論的空間和發展性非常有限，難以達到「研究」的目的。因為只是重要性、角色或現況探討，不但可能缺乏理論基礎，也沒有太多的爭議，若僅是資料的整理，無法有建設性

的建議，所能發揮的學術貢獻恐怕較低。

五、題目要有原創性和學術價值

學術論文不是技術報告或委託研究案，通常被要求要具有原創性和學術價值，尤其是博士論文。所謂原創性有可能是研究主題的創新、研究方法的創新，或是理論的引進或修正，也可能是新的研究發現等。一般對碩士論文的要求較為寬鬆，畢竟在短短的兩、三年內，很難找到具有原創性的題目或建立新的理論架構，故只要符合前述一或兩項要件，如有新的研究發現，即被視為是具有原創性的論文。

至於學術價值是指研究主題需有文獻與理論作為依據，而不能僅是現況的整理與描述，例如多數有工作經驗的研究生會傾向以自身工作場域所面臨的問題或手邊正在推動的案件作為研究主題。雖然這並沒有好壞之分，但若不考量該活動或現況是否有理論基礎，而僅是相關事實資料的整理，那麼這樣的論文恐怕不會有學術價值，充其量只能算是技術報告。例如有學生嘗試以「如何留住公務人力」為研究主題，但此題目不但太大，有何理論基礎？皆令人質疑，當然就算最後論文完成，恐怕參考價值有限。

牛刀小試

想想看，下列的論文題目有哪些缺失？請說明其原因。

1. 探討非營利組織如何型塑夥伴關係
2. 運用公私協力探討文化的推廣與保留——以……為例
3. 社福型非營利組織人力資源管理的現況與困境——以財團法人伊甸基金會為例
4. 以公共治理探討公部門在協力關係之角色
5. 淺談我國落實食安問題的重要性
6. 如何建構非核家園

1-4

論文題目的訂定技巧

一、快速檢閱相關文獻

研究者如欲確保自己所從事的研究是具有學術價值與有意義的研究，那麼**在正式決定主題或進行研究之前，應快速檢閱相關文獻，瞭解相關主題的研究現況與結果**。倘若檢閱結果發現，該研究主題已經累積相當豐富的研究結果，則研究者或許應該思考自己今後所進行的研究如何與這些既有的參考文獻或研究有所區隔，甚至如何超越這些先行研究。如果該研究主題探究者少，甚至根本無人探討，這時研究者可能暗自慶幸自己「獨具慧眼」，找到鮮少人探究的主題，但更多的時候，研究者或許更應該擔心該主題的研究價值與難度。**因為對於初學者而言，由於所接受的專業訓練尚未完備，對研究的敏感度也較弱，很難在短時間內找到極具研究價值卻鮮少人探究之題目。故其背後隱含的因素可能是「該主題很難完成」或「無學術價值」**。

基於上述，有學者指出，無論研究主題是如何的吸引人，研究者需考量的面向有二：第一，應避免已有其他學生或學者做過廣泛研究的主題；第二，研究問題的「可處理性」，亦即解釋的事件或概念在理論上的複雜性、相關資料的可獲量和分析資料所需花費的時間多寡（C. Frankfort-Nachmias 等著，潘明宏等譯，2003：606）。換言之，**太多人討論的主題或資料處理繁複、過於費時者，恐怕都不適合成為初學者的研究主題**。也因之，作者認為研究主題的選擇除了需考量研究者本身的興趣外，重點在於對所欲研究之領域是否進行充分的文獻檢閱，有較完整、全面的瞭解，才能從中尋得具有研究價值或獨特性的主題。而在「可處理性」的考量評估上，也必須事先針對研究主題的「可獲得的相關資料多寡」，以及「分析資料需花費的時間」兩項進行審慎的評估。

二、使用副標與個案

為了避免研究主題過大，使題目能更聚焦，多數社會科學的論文會使用「副標」，企圖將研究主題限縮在某個個案或範圍內，以方便操作或討論；如「地方政府推動地方觀光活動行銷之策略規劃——以台中新社花海為例」、「企業參與地方永續發展之探討——以友達光電與台達電為例」等。但對初學者而言，在個案的尋找上是相當費時費力的，如果對個案的特性沒有充分的瞭解，僅以研究者「地緣特性」為考量依據，如在此工作、求學，則很容易陷入「缺乏學術價值」的困境中。所以，為避免此種情況發生，在開始尋找個案之前，研究者應先自問：「為何要選擇此個案？」是有特殊性？還是因為地緣或工作之方便性？倘若答案是前者，且本身相當清楚該個案的特殊之處，如「台北市是台灣第一個實施垃圾費隨袋徵收的縣市」或「台中市歷年的治安評比皆為全台最後」，甚至「台北市和高雄市為台灣目前擁有捷運的縣市，但兩市捷運的搭乘量與營運績效卻有很大的差別」等，皆可視為是選擇該個案的理由。假若研究者僅是因出生台中或工作之便而選擇以台中為研究個案，那麼恐怕會降低研究的學術價值（關於個案的選擇可以參考本書第 6 章）。

三、「倒三角型」訂題目法

在快速檢閱相關文獻，確定本身欲研究的主題有其研究的價值後，接下來就是如何訂定妥適的題目。作者認為，**「倒三角型」訂題目法**，因為「由大到小」容易聚焦，或許可以避免初學者在選定題目時犯下「題目太大」或「研究主題不明確」的錯誤。

所謂「倒三角型」訂題目法，就是先選定「大」的論文方向；例如作者在思考論文題目時，以「日本國營事業民營化」作為研究方向，但是日本國營事業太多太廣，可觀察的面向很多，如法律、經濟效率、債務處理、工作權保障等，因此，其次是需思考論文「切入焦點」或「討論面向」（中焦點）；例如作者想要瞭解的是國營事業民營化後「公共性和企業性是否能調和的問題」，換言之，「公共性和企業性調和」是該論文的「討論焦點」；接著，因國營事業涵蓋很廣，無法在論文中窮盡和詳細討論所有事業，故以公共性較強，改革過程中爭議較大的「鐵路」和「電信」為例（小個案），最後將論文題目訂為「日本民營化政策的公共性和企業性：以鐵路和電信為例」。由此可知，「倒三角型」定題目法是將論文主題分為「大方向」→「中焦點」→「小個案」的三步驟逐漸聚焦的訂題目方式。

四、與指導教授討論

無論你閱讀再多的文獻資料，還是請記得，訂定論文題目最保險的方法，還是需與指導教授討論。畢竟若是你的指導教授不認同你的論文題目，那麼再好的研究主題也是無用。經常會有修課的學生和我討論他的論文，甚至還有外校的學生透過電子郵件詢問我對他論文的意見，雖然我都會很樂意與同學討論，但最後都不會忘記叮嚀同學：「還是問問你的指導教授吧！」因為無論我們討論得多麼愉快，我是如何認同你的研究主題，肯定你對研究論文的創新力，但畢竟我不是你的指導教授，你的指導教授才是擁有決定你論文主題的最後權力者。所以，為了避免做白功，在思考論文方向或題目時，可以適時地找指導教授討論，但前提是需要自己先做足功課，例如先準備兩、三個本身有興趣的研究主題，嘗試一一說出自己為何選定該主題，且自己目前掌握哪些資料，甚至列出相關文獻清單等，再詢問指導教授的看法，而不是單純找教授「聊天」或「給題目」。

另外提醒讀者，千萬別存有「請教授直接給個題目」的偷懶想法。因為研究始於尋找論文題目，而非僅限於寫作過程和論文的完成。從搜尋資料、閱讀文獻到擬定主題，都算是研究的一環。缺少此部分，就算教授給了你一個好題目，你仍不知為何要研究它？意義何在？是否適合自己？日後就算開始研究，也會欠缺研究所需的執著與熱情。故奉勸各位讀者，還是按部就班，從找尋論文題目開始，藉由多方閱讀和請教，慢慢累積自己對研究的敏銳度和研究實力吧!

1-5

研究環境的建構與心理認知

在確定好本身論文的定位，以及找到合適的研究主題後，就可以開始著手準備寫論文了。然而，在開始提筆之前，若能有較萬全的準備，應能提升寫作的進度而有助於論文的早日完成。關於此點，作者認為可以從建構合適的寫作環境與心理準備兩方面來著手。

一、尋找合適的寫作環境與夥伴

在正式開始寫作之前，研究者必須清楚地瞭解讓自己能夠繼續寫下去的一些基本要求，即建立屬於自己的寫作習性，並且強調這些習性的重要性以滿足自己。研究者須思考怎樣才能讓自己坐下來提筆？讓自己文思泉湧、樂在其中？在怎樣的時間及空間的組合下才能讓自己最能進入狀況？例如有人喜歡一邊寫作，一邊聽音樂。學者 Harry 即以自身為例，說明本身喜歡一邊寫作一邊享用餅乾點心，並且喜歡到一個不容易被打斷的安靜地點進行寫作，除了在家之外，特別喜歡在圖書館中的法律圖書館和科學圖書館中寫作，因為在那裡讀書寫作不會引起注意（Harry F. Wolcott 著，顧瑜君譯，2005：17-21）。但卻也有人在寫作時需要絕對安靜的環境，以避免思緒受到干擾中斷。以作者個人來說，在寫論文時不太喜歡受到打擾，因此，常選擇晚上或假日有整段較長、較完整的時間，可以待在研究室思考、寫作，避免思緒中斷。

除了合適的寫作環境外，由於寫作是一段不算短的過程，在此過程中可能會遭遇到挫折或面臨情緒低落的時期，因此也需要家人或朋友的陪伴與鼓勵。對此，陳向明（2002：503）從心理層面來進行解釋，認為為了保證研究者能夠處於較好的寫作狀態，在寫作期間最好能有一些朋友或家人的陪伴，使研究者可以對其所信任的人宣洩情緒，以達到心理上的平衡。因為在寫作時擁有一個愉快的心情通常會比一個沮喪的心情更有助益。雖然寫作需要有較長、較完整的時間才有利於完成，但有時會遇到瓶頸，無法文思泉湧，則可以考慮轉換一下環境或心情，待思緒較為清楚之後，再開始繼續寫作。

二、研擬寫作大綱

研究者在尋找到合適的寫作環境後，不應急於提筆或打開電腦進行寫作。在此之前，研究者應在腦海中對所欲陳述表達的內容進行簡單的統整，並著手研擬寫作大綱，以幫助自己思考整體的寫作內容與流程。為了增加寫作的流暢，思考內容越仔細則日後修改的幅度就可能越小，因此思考的內容包含報告的整體架構、章節安排、研究目的、問題、方法、對象、相關理論的使用以及可能獲得之研究成果等。

之後，則需將前述思考的內容化成具體文字，亦即是寫作大綱。一個清楚的寫作大綱首先需明確陳述其寫作目的，也就是當研究者能清楚寫下「本篇論文之主要目的是……」這樣的句子時，即意味著研究者本身對其研究目的有相當的認知與瞭解。在釐清本身的寫作目的後，研究者需在大綱中將先前思考的報告整體架構予以紀錄，並檢視其內容表達和論點排序是否符合邏輯，是否可以達成本身的研究目的。如此一來，研究者對論文鋪陳都有初步的整體概念，也能夠避免在某一章節著墨太多或是寫作到一半發生研究結果無法回答研究問題的情形。

三、自我心理建設

在撰寫論文之前，研究者還必須先從事自我心理建設。因為大多數的人都希望在窮盡所有資料後才開始提筆寫作，或是期待一開始即能寫出滿意的曠世巨作，殊不知寫作應該在研究一開始就進行，且**寫作的過程乃是一連串永不止息的修正過程，所以永遠不可能達到完美無缺的境界**。因此，研究者在開始寫作之前即必須要有充分的自我心理建設，瞭解到**寫作是幫助研究者澄清自身的思考盲點**，所以不可能也無法閱讀完所有文獻資料。所以，透過論文的撰寫，研究者可以發現自己思想中不合邏輯之處，進而重新閱讀與分析資料，並修正自己有誤之處，藉此增進對研究的深入瞭解並提升研究的完整性。

另外，在寫作論文時需有正確的認知與觀念，那就是不要有「抄襲」的念頭。有些人會抱持天真的想法，認為「天下文章一大抄」，論文那麼多，隨便「抄一點」，「應該」是不會被發現的；或是「借用」部分觀念與研究發現，再改為「自己的話語」，「應該」是被允許的，殊不知這些僥倖的想法都已經違反學術倫理。由於科技發達，只要將論文中部分段落文字輸入「學術論文原創性比對系統」的軟體中，即可查出該論文是否有抄襲。因此奉勸有心寫論文者，千萬不要有僥倖的心態，認為隨便抄抄剪剪，即可完成論文。一旦被查到，學位是會被追回的，更何況論文完成後，會被收藏在國家圖書館，您的親朋好友，子子孫孫，可是都查閱的到。所以，為了自己的名譽，應該有寫好論文的認知才對。

小叮嚀 論文題目確認表

1. 本身對此論文題目是否感到興趣？（Yes，No）
2. 本身對此論文題目的相關內容是否已經有所瞭解？（Yes，No）
3. 本身是否已經掌握此論文題目的相關資料？（Yes，No）
4. 此論文題目是否過大？不容易操作？（Yes，No）
5. 此論文題目是否符合自身的研究領域？（Yes，No）
6. 此論文題目是否有理論基礎？（Yes，No）

・參考文獻・

Chava Frankfort-Nachmias & David Nachmias 著，潘明宏、陳志瑋譯， 2001，《社會科學研究方法》，台北：韋伯。

Earl Babbie 著，邱泯科、陳佳穎、蔡毓智、姜馨彥合譯，林佳瑩、徐富珍校訂， 2004，《研究方法——基礎理論與技巧》，台北：雙葉書廊。

Earl Babbie 著，李美華等譯， 1998，《社會科學研究方法（上）》，台北：時英。

Harry F. Wolcott 著，顧瑜君譯，2005，《質性研究寫作》，台北：五南。

Janet M. Ruane 著，王修曉譯， 2007，《研究方法概論》，台北：五南。

Matt Chava Frankfort-Nachmias & David Nachmias Nachmias 著，潘明宏、陳志瑋譯， 2003，《社會科學研究法》，台北：韋伯。

Thomas Herzog 著，朱柔若譯， 1996，《社會科學研究方法與資料分析》，台北：揚智。

W. Lawrence Neuman 著，朱柔若譯， 2000，《社會研究方法——質化與量化取向》，台北：揚智。

王文科、王智弘，2004，《教育研究法》，台北：五南。

陳向明，2002，《社會科學質的研究》，台北：五南。

袁方主編，王漢生副主編，林萬億審訂，2002，《社會研究方法》，台北：五南。

葉至誠、葉立誠，2001，《研究方法與論文寫作》，台北：商鼎。

Chapter 2
動手蒐集與整理資料

2-1　文獻資料的來源

2-2　文獻資料的蒐集技巧

2-3　文獻資料的管理與歸納技巧

2-4　文獻資料的整理與分析

在閱讀完前面的章節後，你是否已經建構好研究環境並做好心理準備，開始躍躍欲試地著手寫論文了呢？趁著自己剛訂完論文題目，還擁有滿腔寫作的熱情與決心時，趕緊動手找資料、整理資料吧！但資料究竟該如何尋找？為何同一研究主題，有人可以找到珍貴、重要的資料，有人卻始終脫離不了前人資料的不斷轉引？根據作者多年的教學經驗發現，在閱讀學生論文前，只要翻閱參考文獻，就約略可以知道該論文的品質和水準，且八九不離十。所以，如何找尋資料且判斷該資料是否有用、有學術價值，則成為每位撰寫論文者必須學習的「基本功」。

另一方面，好不容易找到的資料如何將其分類，想必也是困擾許多撰寫論文者心中的痛。很多寫過論文的人可能都曾經有如下的經驗，那就是在寫論文的過程中，家裡的客廳、書桌，甚至地板到處堆積著散亂的資料，需要資料時，只能從成堆的資料中翻找，不但浪費時間，也消耗體力，等到找到資料時早已忘記做什麼用途了。因此，為了解決上述問題，使讀者能在短時間內快速有效掌握資料並加以整理，在本章中，作者嘗試分享本身搜尋與整理資料的經驗，並說明各種資料所具的意義。

2-1

文獻資料的來源

隨著資訊化的來臨，生活中隨手可得的資料比比皆是，現代人甚至可以說是置身於「資訊爆炸」的時代。但若要作為論文的參考文獻資料，就不見得全都可以派上用場，至少論文所使用的資料是要具有一定的可信度，除了文獻本身所使用的資料需經過可靠的研究或統計之外，還需有嚴謹的邏輯基礎和理論架構，並通過嚴格的審查。換言之，倘若文獻只是將一些資料做簡單的彙整，缺乏科學研究所需的各項要件，如研究方法或邏輯推論，則難以成為良好的文獻資料。因此，研究者在進行研究時所選擇的文獻會對研究結果與品質造成深遠的影響，對於資料來源的選擇不可不謹慎小心。以下，作者整理介紹幾種常用的文獻類型，並嘗試闡述各類文獻所代表之意義（林淑馨，2010：129-134）：

一、期刊論文

學術期刊可視為是社會科學研究者進行學術交流與溝通的場所，多數的研究者會將本身所進行研究之結果投稿於此，藉以分享己身的研究經驗與成果。由於期刊論文多有嚴格的審查制度（最好是匿名審查），所以能被學術期刊所登載的文章通常有一定之水準。因此，搜尋文獻的第一步建議可以由此開始。**期刊論文的特點在於針對一特定主題做深入的分析與探討，由於受到篇幅所限，論述的內容皆相當緊湊、精簡。研究性質的論文更是要求具有原創性。對於研究者而言，若能集中時間研讀同一研究主題的期刊論文，即可增進對該研究主題的深入瞭解**。所以，研究者可以分別根據主題、作者或研究單位以及關鍵字來進行搜尋。一般而言，若搜尋的範圍越廣，所能找到的資料會越豐富，因此，**在搜尋資料時盡可能多運用聯想，嘗試多輸入不同的關鍵字，才能避免遺漏而找到多元的資料**。例如作者之前欲寫交通政策相關論文，在找尋資料時最初輸入的關鍵字是「交通政策」，但只出現五筆資料。後來，作者陸續輸入「交通」、「鐵路」、「鐵道」等相關字彙，出現的資料是先前的好幾倍。最後，再一一篩選就尋找到研究所需的核心資料。還有一次作者請助理幫忙找尋非營利組織人力資源管理相關文獻，助理僅輸入「非營利組織人力資源」、「職工」與「志工」等關鍵字，找到的資料相當有限。正在苦思資料不足的時候，突然靈機一動想到非營利組織的組成還包含董事會和執行長，進而再輸入「董事會」、「執行長」關鍵字，就陸續找到之前未曾看見的資料，可見聯想與輸入多元關鍵字是找尋豐富資料的重要途徑。若能找到資料越多，越有助於論文的寫作。

另外還有一種搜尋即是運用「滾雪球」方式，也就是利用論文後面的參考文獻索引來尋找，研究者可以藉由檢視這些引用文獻，判斷其是否與所要研究的課題有相關性，再到圖書館或相關資料庫尋找。例如若有人想以「郵政改革」為題進行研究，找到一篇最新有關郵政改革的論文：林淑馨，2017，〈日本郵政事業的民營化・自由化與普及服務〉，《政治科學論叢》（第 72 期，頁 57-90）。此時，除了閱讀該論文之外，還可以透過後面所附的參考文獻找出與相關的期刊專書，如〈郵遞市場自由化與普及服務：國外經驗之啟示〉（2008）、〈我國郵遞市場自由化之可行性分析〉（2009），甚至還有早期〈郵政經營改革的構想〉（1995）、〈我國郵政費率管制之檢討〉（1995）、〈論我國郵政體制改革〉（2000），以及容易為人所忽略未出版的委託研究報告書〈交通部郵政總局公司化之研究〉（1999）、〈郵政專營權及普及服務制度之研究期末報告〉（2007）等，達到省時省力的事半功倍之效。

目前行政院國家科學委員會人文及社會科學發展處於 2012 年所調整的 TSSCI（Taiwan Social Sciences Citation Index）資料庫收錄期刊名單中，有關社會科學的學術期刊若以學門分類約可以整理如下：

（一）社會學學門有文化研究、中華傳播學刊、台灣社會學、社會政策與社會工作學刊、科技醫療與社會、新聞學研究、台大社會工作學刊、台灣社會學刊。

（二）政治學學門包含公共行政學報、台灣政治學刊、行政暨政策學報、東吳政治學報、政治科學論叢、政治與社會哲學評論、政治學報、問題與研究季刊、臺灣民主季刊、遠景基金會季刊、選舉研究。

（三）法律學門為公平交易季刊、中研院法學期刊、東吳法律學報、東海大學法學研究、政大法學評論、國立台灣大學法學論叢、台北大學法學論叢。

（四）經濟學學門有經濟研究、經濟論文、經濟論文叢刊、農業與經濟、台灣經濟預測與政策、應用經濟論叢。

（五）管理學門有人力資源管理學報、工業工程學刊、中山管理評論、交大管理學報、財務金融學刊、產業與管理論壇、組織與管理、會計評論、資訊管理學報等。

此外還有屬於綜合學門期刊，如人文及社會科學集刊、中國大陸研究、台灣社會研究季刊、歐美研究等，皆被收錄在TSSCI 的資料庫中。

如欲找尋期刊論文，中文可以從國家圖書館「台灣期刊索引系統」（http://roadopac.ncl.edu.tw/ncljournal）或由各大學圖書館網頁資料庫進入查詢。

二、學術專書

學術專書多是研究者針對某個研究主題或領域所做的深入探討而寫成之書籍，其內容雖然未必如期刊論文般緊湊或具有原創性，或是最新的研究成果，但卻可能是學者對於一特定議題，將其長期研究所累積之結果彙整而成之作品。不同於期刊論文的是，學術專書因較不受到篇幅或字數的限制（如國內期刊論文多限制在兩萬字以內），所以無論是對於研究背景的介紹或研究動機之陳述，甚至是該議題所使用的相關理論，抑或是實證個案等之描述等皆有較充分且完整之論述，較具備完整性，且有助於讀者對於一特定研究主題或議題的深入瞭解。然而，書籍的出版通常耗時，遠較於期刊來得久，所以在數量上或時效上，專書都較不及期刊論文。若要研究的主題較新或具時事性質，專書所能提供的幫助可能較低。

另一方面，要找出某個主題的專書是較為困難的事情，因為研究者所訂定的書名通常是以所能涵蓋較廣的範圍為主，如林淑馨所著的《日本非營利組織》（2007 年），雖是以「日本非營利組織」為題，但其內容包含非營利組織的發展現況、法制以及與政府之互動等內容，甚至還談到非政府組織，對於有意瞭解非政府組織或政府與非營利組織協力的讀者而言，若僅從書名判斷，恐怕很容易遺漏其中相關重要的資訊。此外，也有的學術專書是多位學者所著的多篇論文之合輯，如蕭新煌、官有垣、陸宛蘋主編的《非營利部門：組織與運作》（2009 年，第二版）一書中即收錄二十一篇非營利組織的相關文獻，內容涵蓋非營利組織的治理與管理、非營利組織外部的經濟與政治脈絡，甚至還擴及到非營利組織的跨國比較。由此可知，單靠關鍵字的搜尋，很難從書名找出所欲之資料與判定資料的合適性，也可能因而遺漏許多寶貴的資料，所以研究者需要花費較多的時間仔細進行這類型資料的搜尋。

若欲查詢相關書籍，可以根據關鍵字、作者名或書名，從台灣國家圖書館的「全國圖書書目資訊網圖書聯合目錄」，或是各大學圖書館網頁資料庫，或是大型網路書店，如台灣的博客來網路書店、亞馬遜網路書店等開始搜尋。目前許多書籍都可以讀到目錄，甚至部分網路書店所販售的書籍還提供試閱的管道，目的是讓讀者有更多的訊息判別其內容是否符合本身的需求，是否要購買或進一步閱讀，建議讀者可以多加利用。

三、學位論文與研討會論文

學位論文是研究生為獲取學位而獨自進行研究後所撰寫之文章，一般又可以分為碩士論文與博士論文。碩士論文由於多是研究生首次進行研究所整理而成之論文，為一初學之成果，其主要的目的在教導研究生如何獨立完成一項研究，因此**除了在題目選取、理論建構或是研究方法上皆較生澀與不足外，也欠缺原創性**，同時鮮少進行公開發表或正式出版，故**碩士論文多被認為專業性不足，引用與參考價值較低，一般也不鼓勵大量引用**。除非是該研究主題較新或冷門，參考資料缺乏，這時若有碩士論文是以此為題進行研究，因已有一定程度的資料蒐集，所以具有協助研究者快速進入情況的功能。

相形之下，由於取得博士學位者將來多從事教職或進行研究工作，因此**博士論文的研究與寫作過程均被嚴格要求，除了需建立清楚的理論分析架構和使用嚴謹的研究方法外，還需具有高度的原創性以及新的研究發現**，同時也應公開發表與正式出版，所以一般被視為是珍貴資料的來源，**其學術和參考價值也較碩士論文高出許多**。

至於**研討會論文則多是研究者對於一項新的研究議題所進行的初步研究發表，或是一個新的想法或觀念的引進**，研究者期望藉由研討會的場合與有識者進行觀念的交流，以獲取相關領域研究者對其之評述或建議，以作為該論文後續發展之參考，較欠缺完整性。所以並非所有研討會論文都是論述完整與概念成熟的文章，有部分研究者即以此為由不希望讀者加以引用，對此讀者應予以尊重，而不能擅自加以援引。

一般而言，學位論文都可以在國家圖書館臺灣博碩士論文知識加值系統（http://ndltd.ncl.edu.tw）尋找，截至 2018 年 4 月為止，該系統中收藏已授權全文者 438,769 筆，書目與摘要共 1064,048 筆，而每位作者的畢業母校的圖書館通常也保存有該校畢業生的學位論文，至於研討會論文通常僅能在舉辦研討會的場所取得。近年來各研討會為了樽節成本，較少將研討會論文印製成冊，而改以燒錄成光碟片或以線上列印方式供大眾參考。如此的作法固然簡便且節省成本，但卻也可能發生如超過一定時間，即不容易尋找到該研討會資料之困境。為解決此問題，讀者可以嘗試與研討會主辦單位聯繫，或許可以取得相關資料。

四、政府出版品與官方統計資料

依據政府出版品管理辦法第二條規定：「本辦法所稱政府出版品，係指以政府機關及其所屬機構、學校之經費或名義出版或發行之圖書、連續性出版品、電子出版品及其他非書籍資料。」而這些文獻資料包含全國人口普查資料，還有由國家統計部門、各級政府部門、各級專業機構編製的月統計報表等。由於這些資料往往提供了一個地區、一個部門或全國的有關概況，有助於研究者從整體上認識社會現象，分析各種因果關係或影響因素。然而，由於政府所提供的數據、統計資料，在一般文獻中不容易獲得，若能蒐集到此類資料，對於研究品質的提升有相當顯著的成效。目前我國政府出版品除了可以在政府相關單位、圖書館找到外，三民書局也有附設出售政府出版品的專區，解除研究者尋找資料的困難。另外，如欲找尋我國的普查資料或相關統計資料，也可以上中華民國統計資訊網（http://www.stat.gov.tw/mp.asp?mp=4）做進一步查詢。

然而，在使用官方文獻或統計資料時應注意下列幾點：（1）應該對於統計資料的內容、對象、範圍等有具體清楚的認識，以減少認知錯誤情形的發生。（2）對於各種統計指標、比率和數字含意需相當清楚，以便能有正確詳細的解讀與分析。（3）即使是官方文獻，研究者在閱讀時仍然要抱持審慎懷疑的態度，多方交叉求證，才不致於使己身之研究淪為政府政策的說帖。

五、會議紀錄

會議紀錄的方式有很多種，有的人用速記、有的人用錄音、有些人只會摘要重點。如：國民黨大會決議，就屬於會議紀錄。但是只透過決議表面文字是無法瞭解決議是如何達成的，或決議背後的意圖為何，所以必須去找會議之前所開過的其他會議紀錄來參考，試圖還原現場真相，如此才能深入瞭解決議所持的原則和立場，以及其背後各種意圖。然而，會議紀錄常會受到紀錄者個人的主觀認知，以及當時的紀錄情況而影響到紀錄的忠實性，故會議紀錄有時雖可以當作重要參考，但也無法完全盡信。所以，即使會議紀錄非常重要，使用時仍要小心謹慎，多方求證，不可單憑會議紀錄來下論斷。

六、公文、書信

公文與書信透露的訊息相當多元，見仁見智，但對公文的解讀與對一般紀錄的解讀是相同的，可以協助重建氣氛。書信有著常識原始交流的優勢，但這並不能使它們免於偏見，或是保證書信所言全部都是真實的，抑或是確保書信能傳達作者的真實感情。所以，在使用公文與書信作為參考資料時也須小心謹慎，務求充分瞭解作者之原意。

七、報刊與網路資料

報刊和網路資料可以說是較容易獲得的一種文獻資料。從報刊的封面、標題，以及刊登的文章等，都可以是人們進行社會科學研究所使用的材料，而新聞報導的觀點或內容也常成為人們分析某一事件的依據。然需注意的是，報刊所言有時並非是事實的全部，可能受到報社既定立場或撰寫人既有的主觀立場或觀察力、分析力所限，描述的內容僅是事實的片面概況而非全貌。因此，研究者在使用報刊資料時不可盡信，除需瞭解所使用報刊的特定立場外，更需多方閱讀有關資料並加以檢證。

另外，網路資料也有上述報刊的特質。在電腦發達與資訊充斥的今日，人人可以上網將自己所知編織成文字，因此，網路資料雖是最簡便取得的一種文獻資料，但卻也因容易匿名的結果，良莠不齊，比起報刊皆有具名撰稿記者，網路資料的真實性更有待驗證。目前國內常用來搜尋中文網路資料的搜索引擎有 Yahoo 奇摩與 Google。這些搜尋引擎在找尋相關網頁、影片、圖片、即時性新聞，甚或學術資料時頗為好用方便，但除非是學術論文的 PDF 檔，載明期刊名、卷名與出版日期，能作為學術性參考外，其他資料在使用時仍要審慎，畢竟網路假新聞假訊息太多，錯誤的引用恐會影響論文信度。還有一種網路資料是學者專家在本身的部落格或網頁發表的論述，或許該位學者在所屬的研究領域享有盛名或具有權威，但是因發表在部落格或網頁的文章原本即非學術性，既不需接受審稿也不用特別考究，純為個人意見或感想之抒發，所以可能較為主觀，不適於作為學術參考之用。此外，學生寫報告常引用的維基百科或許可以作為協助讀者瞭解一個名詞或現象的起點，但卻不適合作為學術論文的參考資料。有些學生在定義專有名詞時或許誤以為維基百科具有相當權威性，故習慣引其內容作為解釋，殊不知該內容並非學者專家所寫，可能欠缺真實考據或不夠嚴謹，建議讀者還是小心審慎多方查證，以免破壞論文的專業性。

綜上所述，報刊和網路資料的使用多在於一項議題剛形成，或者是一項政策實施不久，學者專家還來不及對此進行研究並進而寫成論文或專書時，如欲對此議題形成的原因或該政策施行的成果進行瞭解，則報刊和網路資料即可發揮其時效性的功能。然而，在進行社會科學研究時由於強調研究的嚴謹度，**多不鼓勵研究者大量使用報刊和網路資料**。

以上七種途徑皆是研究者在進行文獻閱讀時可以嘗試搜尋

的文獻來源，期刊論文、專書、學位論文與研討會論文，以及政府出版品等是屬於學術界較為接受的文獻，而會議紀錄、公文與書信以及網路資料則往往會因為其主觀因素影響資料的可信度，所以研究者在使用這類資料時必須要輔以其他相關資料佐證，同時廣泛涉獵相關的文獻資料，否則將容易忽略每種文獻資料的真實性以及其背後所隱藏的相關資訊。

2-2

文獻資料的蒐集技巧

一、改變關鍵字的輸入方式，多聯想

隨著資訊化社會的來臨，一般在尋找文獻資料時多會透過網際網路。或許很多讀者都有過相同的經驗，那就是「為什麼自己總找不到有用的資料？」我有習慣將自己手邊有的資料與研究生分享，也總會在提供資料的時候不經意的詢問：「這資料你有嗎？」回答幾乎都是：「沒有」。我不禁納悶：「你不是正在進行這方面的研究，為何對資料的掌握這麼不敏感？」當然，這也並非完全意味學生不認真，事後才發現，原來學生對資料的搜尋較為「老實」，也就是在輸入關鍵字的時候，習慣輸入單一字彙，所以找到的資料自然就比較少。以作者過去從事的民營化政策研究為例，如果單輸入「民營化」，的確會出現很多筆資料，但與民營化有關的，如「電信事業自由化」、「鐵路事業改革」、「國營事業改革」等都可能提到民營化的內容，因此多聯想，多嘗試同義詞，試著輸入不同的關鍵字，如「電信改革」、「國營事業」等，應該可以提高找到資料的可能性。

二、重視資料的客觀性

如前所述，網際網路的時代資料幾乎是呈現充斥的狀態，但這並不意味所有資料皆是有用資料，適合放進論文中。由於論文是屬於學術性質，與一般報章雜誌最大的不同是，強調「客觀」與「證據」，因此，資料本身的「質」就顯得格外重要。倘若翻開學生的報告或論文，發現參考文獻盡是羅列網路資料或是報章雜誌資料，那麼論文本身的水準就比較令人懷疑。因為這些網路資料有些是個人情感的抒發，未必真實、客觀，即便有些是著名的學者專家專欄，卻也可能因為某些特定立場而失去客觀性。至於報章雜誌，更可能因為記者或報社既定立場未必能持平報導，故雖可以參考，卻不鼓勵大量引用。比較好的文獻資料是經過審查的研究論文或專書。

三、隨時注意資料的更新

在蒐集資料時需注意所擁有的資料是否是最新的，千萬不要因為一時的不注意，只轉引他人資料，而忽略資料早已修正或更新，尤其是「統計數據」、「法律條文」之類，更新速度相當快，若無法即時掌握最新資料，即便分析再怎麼精緻，都還是可能出現笑話。作者就曾經看過學生交的報告，所用的分析資料是十年前的數據，卻忽略十年間時空與政策的轉變，很多情況已有所改變，有的法規甚至已經廢除，所以身為一名研究者是有義務隨時掌握與補充更新資料。另外，國內外專書也都會定期更新，因此在蒐集資料時應注意出版年代，盡可能掌握最新版本，以免遺漏最新資料而影響論文的研究成果。

2-3

文獻資料的管理與歸納技巧

一、文獻資料的管理

任何社會科學研究，在研究過程都必須歷經確定研究設計原則、擬定資料蒐集方法，以及訂定資料分析程序等步驟。而當研究者在擬定好資料蒐集方法後，就必須開始著手進行資料的蒐集工作。也因此，對於研究者而言，如欲使研究資料的保管與分析能達到最有效的整合，必須在資料蒐集前，就擬定好資料管理原則，才能對研究資料做有系統的建檔與管理。另一方面，由於資料的蒐集工作需要花費許多的時間，且所蒐集到的資料形式往往是複雜多元，所以研究者在蒐集資料前，最好能發展出一套簡單明瞭合乎邏輯的資料管理原則。所謂「資料管理」（data management）是指研究者對於研究過程所蒐集到的資料，無論是從資料的儲存或是取用過程，都能發展出一致性、系統性的邏輯，並根據此一原則循序漸進，進行資料分析。對研究者而言，資料管理因可以確保研究者在資料蒐集過程，可以蒐集到較高品質的資料，同時也保證資料分析是建立在公平原則之上，以及透過系統化的邏輯管理過程，確保資料分析與意義詮釋之間是完整的（潘淑滿，2003：320-321），故資料管理在整體研究中具有重要的功能。

而資料整理就是對蒐集到的原始資料進行檢查、分類和簡化，使之系統化、條理化，以為進一步分析提供條件的過程。因此，資料整理既是資料蒐集工作的繼續，又是資料分析的前提。也就是說，資料整理是由資料蒐集階段過渡到資料分析研究階段的中間循環（袁方主編，2002：409）。另一方面，資料整理也是檢查資料、改錯、補遺、分類或再分類的過程，務求把資料作出系統化的整頓和充實，以便進行分析之用。資料的錯漏，應該在這階段做最後的補救，若資料的內容太差，便不宜強行進行分析（鍾倫納，1992：199）。

一般而言，質性的資料通常是以文章、書面文字、詞句或象徵符號等形式，描繪或呈現社會生活中的民眾、行動與事件（W. Lawrence Neuman 著，朱柔若譯，2002：785）。其資料來源一般有二：一是「實地來源」，包含無結構式訪問和觀察的紀錄，另一則是「文獻來源」，即以文字形式敘述的文獻資料，如公私機關的檔案、文件、會議紀錄、個人日記、傳記、信件、公開發表的調查報告和研究論文等。由於資料來源上的差異，整理方法上也略有不同。然無論如何，資料的整理都要經歷審查、分類和彙編三個階段。茲簡述如下：

（一）資料的審查與抉擇

資料審查的目的是要消除原始資料中的虛假或錯誤等現象，以確保資料的真實、可信、有效、完整和合格。因此，對定性資料的審查主要集中在真實性、準確性和適用性。所謂真實性審查，又稱信度審查，即看資料是否真實可靠地反映了調查對象的客觀情況。研究者在進行真實審查時通常根據已有經驗和常識進行判斷或資料的內在邏輯進行查核，一旦發現與經驗、常識相違，或是資料前後矛盾，違背事物發展邏輯即找出問題所在。另外，若資料是用多種方法獲得的，也有利用資料間的比較進行審核。例如對於某個議題，倘若有文獻資料和訪談資料，則可以將兩種資料進行交叉比對，以判別其真偽（袁方主編，2002：409-410）。

而資料的要求除了真實性，還需有準確性。所謂準確性也就是效度審查。一方面是審查蒐集到的資料是否符合原設計要求，及分析其對於欲研究問題的有效用程度，另一方面是審查資料對事實的描述是否準確，特別是有關的事件、人物、時間與地點等要準確無誤，不可籠統含糊。除此之外，還需審查資料的適用性，也就是審視資料的深度與廣度是否適合分析與解釋，資料本身是否完整，以及何種資料最能闡述研究主題，對研究現象最能給予充分說明，且較符合研究目標等（袁方主編，2002：410-411；Jane Ritchie & Jane Lewis 著，藍毓仁譯，2008：59）。

（二）資料的分類

資料在經過真實性、準確性和適用性的審查以後，仍可能是雜亂無章必須加以分類整理，使之條理化和系統化。分類具有兩重意義，將所有資料根據內容或探討主題加以區別是「分」，但將相近或相同的資料整理在一起乃是「合」。如此一來，不但可以找出資料的規律性與特徵，有利於資料的存取，也有助於對研究對象的認識。一般而言，資料的分類標準可分為「質化標準」與「量化標準」。所謂「質化標準」，是反映事物屬性差異的標準，如性別、民族、戶口類別等，也可稱之為品質標準。至於「量化標準」，乃是反映事物數量差異的標準，如以人口作為劃分大、中、小城市的標準等。此外，資料的分類還可以「現象」與「本質」為標準。前者是反映事物的**外部特徵與外在關係**的標準，如年代、地別等，後者乃是反映事物的**本質特徵或內部關係**的標準（袁方主編，2002：413）。然而，儘管分類對於資料整理而言有其重要性，但標準的選擇卻因研究對象屬性的不同，難以有清楚明確的準則。

（三）資料的彙編

分類標準選出後，就要將資料歸類，並按一定的邏輯結構進行編排，此即是彙編。因此，首先應根據研究的目的、要求和客觀情況，確定合理的邏輯結構，使彙整後的資料能反映客觀情況，又能說明研究問題。有研究即指出，彙編資料的基本要求有二：一是完整和系統，大小類要井井有條，層次分明，能系統完整地反映研究對象的面貌；二是簡明集中，要使用盡可能簡潔、清晰的語言，集中說明研究對象的客觀情形，並註明資料來源的出處（袁方主編，2002：415）。

二、文獻資料的歸納技巧

面對許許多多的資料，如何將其分門別類，使其能在寫論文時發揮最大成效，本身就是一門很大的學問。事實上，到日本留學前，作者也跟許多人一樣，只會將找到的資料放到抽屜或書櫃中，比較重要的就隨手找個資料夾放，但卻也因此常常忘記已經找過哪些資料，或是資料放在哪，而浪費許多寶貴時間。到了日本，才真正見識到日本人整理資料的功夫。而此功夫的養成，確實也為日後作者在閱讀寫作時增添不少效益。

（一）準備不同顏色的資料夾

作者愛用的資料夾是 A4 形式，長的橫的都有，且有不同顏色。之所以選用 A4 是為了便於存放，如果尺寸大小不一，很難收藏。所以，不論原始資料有多大多小，都會縮小或放大成同一 A4 尺寸。而需要不同顏色的資料夾，主要是為了便於區別。例如「黃色」資料夾代表存放的是日文資料，「綠色」資料夾是中文資料，「粉紅」資料夾是英文資料，「藍色」資料夾是網路資料等。若按照顏色陳列在書櫃上即一目瞭然。當需要資料確定時，即能立刻掌握基本位置。

（二）根據研究主題將資料分類

根據「顏色」區分資料，只是最基本的步驟，因為光是中文期刊論文資料可能份量就相當可觀。所以還必須再根據「研究主題」將資料予以分類。例如作者目前的研究領域有「民營化」、「公私協力」、「非營利組織」等，當資料找到時即根據這幾個研究主題加以區分。然而，有時單是一個領域的資料也相當驚人，若能在研究主題下再進一步予以細分為小標，將更有助於日後快速找資料。以「民營化」為例，資料可能包含鐵路、電信、郵政或理論等，為了便於日後尋找資料，可以在研究主題下註明細項如「民營化：鐵路」，甚至是標上「號碼」，如「民營化：鐵路 1」、「民營化：鐵路 2」等，然後將其印出貼在資料夾的封面與側面上，再將其根據主題陳列在書櫃上，要找資料時就非常容易與清楚。

（三）製作資料夾目錄

當一本本資料整理完成後，別忘了順手製作資料夾目錄。它的目的是幫助讀者在翻閱資料夾第一頁時即能很快找到所需要的資料。目錄的製作方式很簡單，就像是每本書都有的目次或目錄般，只要將作者姓名和論文篇名逐一打出即可，當然，更仔細的，還可以將期刊名、卷期都補上。另外，除了每本資料夾有其目錄外，還可以將每本資料夾的目錄再多印一張放在另一個資料總覽夾內。日後如果要找資料時，只要翻開目錄總覽，即可立刻知道哪篇論文在哪個資料夾哪個區域內，而不致於翻箱倒櫃還找不到資料，浪費許多寶貴時間。

最後，提醒各位，在影印資料時千萬不要為了一時的偷懶或省錢，只印部分所需的頁數，這樣不完整的資料，有可能影響日後對全文的理解與分析。另外，在找到資料時，一定要順手註明 「資料的出處」，如出自哪本期刊，第幾卷第幾期；或是哪本專書，作者是誰，哪一年出版等，最保險的方式是連版權頁都印。這些小地方看似不起眼，但在漫長的寫論文過程中卻可能發揮相當驚人的「耗時成本」，影響論文的完成進度，不可小覷。

2-4

文獻資料的整理與分析

有研究指出，資料的整理與分析可視為是研究者的一種加工過程，亦即是通過一定的分析手段將資料「打散」、「重組」與「濃縮」的一個過程（陳向明，2002：366）。有關資料整理與分析的特質可以整理歸納如下：

一、整理和分析需同步進行

文獻資料的蒐集不是一種機械式的單向記錄過程。如果在研究過程中發現所蒐集的資料呈現矛盾或無法解釋現況時，就必須再進一步蒐集更多的資料以作為輔助說明之有利證據。因此，在概念上，整理資料與分析資料似乎可以分開進行，但實際操作時，卻是一個同步進行的活動，整理必須建立在一定的分析基礎之上，而任何一個整理行為又都受制於一定的分析體系。因此，整理資料和分析實際上是一個整體，相互之間來回循環，同時受到研究中其他部分的制約（陳向明，2002：366）。另一方面，研究者也可以透過反覆的整理與分析，來確認資料蒐集是否達到飽和，是否仍須進一步尋找更新的資料（潘淑滿，2003：330）。由此可知，文獻資料的整理與分析在操作的過程中實在很難予以區分為二，這兩個步驟通常是同時交替地進行著。

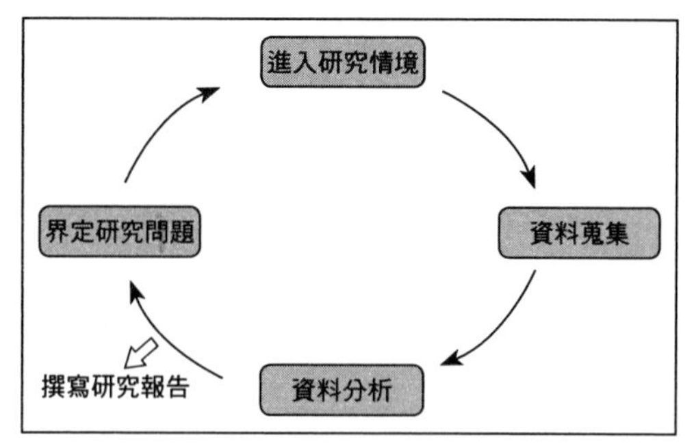

圖 2-1　資料整理和分析關係圖

資料來源：陳向明，2002：367。

二、整理和分析要求即時

對資料即時進行整理和分析不僅可以對已經蒐集到的資料獲得一個比較有系統的把握，並且可以為下一步的資料蒐集提供方向和聚焦的依據。因此，整理和分析資料的時機應該是越早越好，而不應心存「等資料全部蒐集完畢，再進行分析」的「理想完美」想法。因為新的資料會不斷的出現，資料是永遠不可能蒐集完全的，最後僅會成為研究者面對堆積如山的資料卻無從著手的窘境，同時也可能早已失去研究方向，導致結果研究的內容僅成為純粹的資料堆砌，甚為可惜。在實地蒐集資料時同時對資料進行整理和分析，可以強迫研究者逐步縮小研究的範圍，儘早就研究的方向和類型做出決定，幫助研究者提出一些可統攬所有資料內容的觀點，發展出一些可提供進一步分析的問題，使研究者從原始資料向理論建構的方向過渡，幫助研究者在整理資料的基礎上，瞭解研究者本身仍需哪一方面的資訊，以便下一步有計畫的蒐集資料（陳向明，2002：367-

368）。所以，研究者在研究進行的過程中，對於蒐集到的資料，可以適時地根據主題簡單加以整理區分，除可以幫助研究者定期消化資料外，也可以協助研究者檢視研究方向，並判別資料內容的適用性與充足程度。

三、強調運用歸納法進行資料分析

相較於量化研究強調數據或統計資料的運用，質性的文獻資料分析過程中較重視資料本身的變異性。通常，研究者在研究初期可以根據特定事實或現象，發展出概略定義和解釋，再進一步將這些初步發展的定義和解釋運用到資料分析的過程。當資料不適合初步發展的定義時，可以進一步修改定義和解釋。在資料分析過程，研究者必須不斷尋找反面例證，並分析探討及解釋反面例證現象，直到建立普遍性原則為止（潘淑滿，2003：330）。因之，文獻資料分析較著重使用歸納法來整理與分析資料。

四、強調經驗證據與抽象概念相互融合

對於任何研究，理論的建構需有效地與經驗世界結合才有價值，因為理論目的是在產生經驗世界的分析架構，所以，研究者必須對研究現象具有高度的敏感力與感受度，才能發展現象與現象之間的關連（潘淑滿，2003：330）。

五、資料的整理與分析目的在於理論的建構

研究指出，質性研究者是從參與者的觀點來觀察日常生活

中的社會世界，再對資料進行歸納，並發展出理論概念的建構（潘淑滿，2003：330）。事實上，質性資料的整理與分析的最終目的之一，乃在於透過先行研究的檢閱與整理，歸納與建立出適合本身研究的理論架構，並用以作為後續實證研究的分析基礎。所以，研究者在著手進行資料的整理與分析時，應不能忘記該行為的最終目的乃是在於理論的建構。

資料查詢小百科

除了學校的圖書館、各政府機關網站之外，以下的網站也可以提供研究者在蒐集文獻、查詢相關資料及法規上相當大的幫助。

中文常用資料庫

- **國家圖書館**：http://www.ncl.edu.tw/mp.asp?mp=2
  有關全國的碩博士論文、報紙、期刊、書籍，以及政府公報，都可以在此處查詢到完整的資料。
- **中央研究院圖書館服務系統**：http://aslib.sinica.edu.tw/catalog/catalog1.html
  提供國家／公共機構圖書館、專門圖書館、以及國內所有大專院校圖書館連結，另亦提供國外相關圖書資料查詢網站連結。
- **政府研究資訊系統**：http://www.grb.gov.tw/
  提供國科會專題研究計畫、各機關委託研究計畫、各機關科技類自行研究計畫等基本資料查詢。

✧ **政府公報資訊網**：http://gaz.ncl.edu.tw/

提供總統府、五院以及各縣市地方政府公報資料查詢。

✧ **立法院國會圖書館**：http://npl.ly.gov.tw/do/www/homePage

提供立法院通過法案、院會會議、總質詢及部會報告之資料查詢。

✧ **華藝線上圖書館**：http://www.airitilibrary.com/

提供中文電子期刊、碩博士論文、以及會議論文之查詢。

✧ **中華民國統計資訊網**：http://www.stat.gov.tw/mp.asp?mp=4

提供中華民國所有的普查資料、以及統計數據查詢。

✧ **全國法規資料庫**：http://law.moj.gov.tw/

提供中華民國中央及地方所有法規資料的查詢。

✧ **國家檔案管理局**：http://www.archives.gov.tw/Publish.aspx?cnid=1126#

提供府院事務、國家安全、公共資源管理、財經事務、教育文化、社會發展、地方事務、重大政治事件等 8 大類國家檔案等資料查詢。

西文常用資料庫

✧ Cambridge Journals Online：http://journals.

cambridge.org/action/login
除提供該出版社的期刊外，並代為出版 100 餘個知名專業學會的期刊，透過網路提供連線使用自然科學、社會科學及人文科學相關電子期刊。

✧ EBSCOhost：http://search.ebscohost.com
主要提供綜合學科、商管財經、生物、醫學護理、人文歷史、法律、觀光、旅館經營管理等電子全文及索摘資料庫。

✧ JSTOR：http://www.jstor.org/
主要提供人文社會、商業、經濟與政治等電子期刊資料的搜尋。

✧ ProQuest：http://www.proquest.co.uk/en-UK/
提供綜合科學、人文歷史、政治經濟、電腦科學、生物科技等多種索摘及全文資料庫。

✧ Wiley Online Library：http://www.wiley.com/WileyCDA/Section/index.html
提供 John Wiley & Sons 以及該公司旗下 Wiley-Blackwell、Wiley-VCH 與 Jossey-Bass 的出版品，結合 750 餘個學、協會合作出版夥伴，收錄 1,500 餘種期刊，以及電子書、參考資料、百科全書、手冊及字典等。

・參考文獻・

Jane Ritchie & Jane Lewis 著，藍毓仁譯，2008，《質性研究方法》，台北：巨流。

W. Lawrence Neuman 著，朱柔若譯， 2002，《社會研究方法：質化與量化取向》，台北：揚智。

王小娥、劉崇堅、莊懿妃，1995，〈我國郵政費率管制之檢討〉，《經社法制論叢》，16：55-74。

林淑馨，2008，〈郵遞市場自由化與普及服務：國外經驗之啟示〉，《行政暨政策學報》， 47：91-130。

林淑馨，2009，〈我國郵遞市場自由化之可行性分〉，《公共事務評論》，10（2）：1-34。

林淑馨，2010，《質性研究：理論與實務》，台北：巨流。

林淑馨，2017，〈日本郵政事業的民營化・自由化與普及服務〉，《政治科學論叢》，72：57-90。

許介圭，1995，〈郵政經營改革的構想〉，《郵政研究季刊》，53：1-10。

柯三吉、劉宜君、張家春、林淑馨、張惠堂，2007，〈郵政專營權及普及服務制度之研究期末報告〉，財團法人台灣郵政協會（未出版）。

劉崇堅、柯三吉、顧慕晴，1999，〈交通部郵政總局公司化之研究〉，台北：交通部郵政總局。

袁方，2002，《社會研究方法》，台北：五南。

陳向明，2002，《社會科學質的研究》，台北：五南。

潘淑滿，2003，《質性研究：理論與應用》，台北：心理。

鍾倫納，1992，《應用社會科學研究法》，台北：台灣商務。

Chapter 3 著手撰寫第一章

3-1 研究背景的描述：「倒三角型」描述法

3-2 研究動機的陳述：強調衝突性

3-3 研究目的與問題

3-4 研究方法與限制

在蒐集、閱讀完基本資料後，可以開始著手撰寫論文了。論文的第一章一般稱為導論、緒論或引言，在整本論文中扮演「介紹、說明」的先鋒角色，使讀者能對整體論文的內容與操作流程有一簡單、清楚的整體性概念。因此，第一章的內容基本上多包含：研究背景、動機、目的、問題、章節安排等幾個部分。由於第一章牽涉到讀者是否繼續閱讀該論文，因此在撰寫的時候，應避免使用深奧的理論、艱澀難懂的專業性用語，以及過多瑣碎的數據或圖表來陳述，盡量以有知識的非專業人士的立場，用簡單的詞語來敘述，如此應可以引起讀者的閱讀興趣，同時幫助讀者快速進入寫作論文的情境中。在本章中，作者即以多數論文寫作過程中不可或缺但卻因概念模糊不清經常困擾初學者的——研究「背景與動機」、「目的與問題」、「方法與限制」三大部分為例，來幫助讀者建立較清晰的概念，並輔以參考的寫作範例來加以說明。

3-1

研究背景的描述：「倒三角型」描述法

在確定研究主題並找到研究個案之後，研究者在主題描述方面，需先整理介紹所欲研究主題的相關背景，讓讀者瞭解此研究是在何種情況下發生。然而，一般在撰寫研究背景時，經常有「讀了很多資料，但千頭萬緒不知從何寫起」的苦惱，所以常見的情形是「寫了又刪，刪了又寫」，不重要的「故事」說了很多，重要的轉折或契機卻隻字未提。

為避免此種情況的發生，在描述技巧上，一開始最好是對背景和事件做直截了當的敘述，不加註解和干擾性的分析（Harry F. Wolcott 著，顧瑜君譯，2005：52）。試想，當你剛閱讀某本書，進入某領域時，一開始作者就鉅細靡遺告訴你相關統計數據的變化情形或政策內容時，你是否會有摸不著頭緒的感覺？不知道這些數據或政策的作用與關連。因此，作者建議，在著手陳述研究背景時，或許可以嘗試運用**「倒三角型」的描述法**，也就是「**由大到小**」的陳述方式，例如若以「中華電信民營化研究」為題，則寫作之初可以該主題發生的「國際因素」（即民營化何以成為世界風潮？）為主來陳述，然後是對「本國」（為何我國也推行民營化政策？）的影響，接著才是「個案」背景以及「個案」與該主題關連性的陳述（民營化政策的推動與中華電信有何關連？）。若能將這三者之間的關連性清楚交代，那麼將有助於讀者瞭解研究主題之背景。

舉例而言，作者以「我國電信事業民營化對普及服務影響之實證研究」為題來撰寫論文。在研究背景的敘述上，則採用前述的**「倒三角型」描述法**，先說明「世界各國電信市場的結構背景——都是採獨占」（大），之後再闡述「先進國家的電信改革推動——受到美國 AT&T 自由化的影響，歐洲和日本等國也陸續進行」（中），最後介紹「台灣的電信事業改革背景」（小），詳細內容如範例 1 所示。如此一來，研究背景的陳述便會產生「**大背景（世界）→中背景（先進國家）→小背景（我國或個案）**」般的層次感，漸漸進入研究者所欲陳述的故事情境中，而不至於雜亂無章（參考範例 1）。

範例 1

在電信事業尚未進行自由化、民營化之前，世界各國的電信市場結構大多都非常相似，若不是由國家直接經營，即是在國家的監督下，以特許的方式交由特定機關來經營。換言之，各國的電信市場幾乎多處於獨占的狀態。但是受到科技的進步，電信需求的多樣化，以及公營事業經營缺乏效率的影響，八〇年代以後，全美最大電信電話公司（American Telephone and Telegraph Company, AT&T）首先於一九八四年解體，揭開電信自由化的序幕之後，歐洲各國和亞洲的日本也陸續跟進，電信自由化、民營化儼然成為一股世界性潮流，不斷地在各國蔓延開來。

然而，正因電信事業所提供之服務對民眾的日常生活和經濟活動而言，屬於重要的公共服務，若單純為因應需求的多樣性和提升經營效率，將其移轉民營，則原本電信事業所擁有的公共特性和供給之服務，卻未必能由新的業者繼續提供。且在一片自由化、民營化的風潮下，若開放原本獨占的電信市場，任其自由競爭，則在成本與利潤的考量下，都會區雖有可能產生調降費率、改善服務的情形，但另一方面，卻更可能產生離島或偏遠等不經濟地區，因需求量少或建設費用偏高，願意提供服務的業者也少，而產生費率調漲或不提供服務的弊病。因此，歐美、日、紐澳等先進國家在推行電信事業自由化、民營化時，不但強調將競爭機制導入電信市場的重要性，同時，也會一併探討普及服務確保的可能方式，並設計普及服務確保之機制。

在台灣，自從民國七十八年政府開放電信網路加值服務以來，即意味著我國的電信市場已進入自由競爭的時代。民國八十五年七月以前，我國的電信服務一直由交通部電信總局所單獨提供，同時擔任行政的監督與事業之經營。因此，有關電信普及服務的供給也是由電信總局所負責，藉由不同營業項目之交叉補貼來彌補其虧損。即使在電信事業民營化後，仍欲藉由修正相關法令來達到普及服務確保之目的；如電信法第二十條與第二十一條。此雖意味著我國已逐漸正視電信普及服務的重要性，但有關電信普及服務制度的運作卻遲至民國九十

一年才開始的事實，卻顯示我國在電信方面的改革速度仍是緩慢，對於普及服務議題的重視程度也略顯不足。

資料來源：林淑馨，2004：223。

3-2

研究動機的陳述：強調衝突性

在描述完研究背景後，接著要陳述研究者的研究動機。一般而言，在研究動機的撰寫上，研究者可以**「為何要研究該主題？」為動機思考的基礎或出發點**，倘若研究者能明確指出該**主題的「衝突性」**，亦即「為何要探究該主題？該主題本身有哪些爭議性？」則更能突顯研究者的研究動機，同時幫助讀者瞭解此研究所具有的重要性。

以作者曾撰寫過的論文——「民營化政策的公共性和企業性：以日本為例」為例，來陳述該文的研究動機如範例 2 所示。在本篇文章中，作者首先提到公營事業的特質乃是「公共性和企業性的雙重特質」，但因過於強調「公共性」而造成「企業性的喪失」，於是產生民營化的呼聲。但民營化也非萬靈丹，仍有其爭議——也就是過於強調企業性而造成公共性的犧牲（衝突性），因此，在推動民營化政策時，究竟該如何才能兼顧企業性與公共性兩者？也就是達到「企業性的發揮，以及公共性的保障」乃是作者進行研究之主要動機。

範例 2

（前面省略）

然而，在包含民營化在內的一連串公營事業改革的聲浪中，最受爭議的，莫過於公營事業本身具有公共性和企業性的雙重性質。藉用東京大學經濟學教授植草益的定義，所謂公營事業，一方面因其為政府所有，在政府的監督、管制之下，擁有幾近於一般政府機關的性質；另一方面因其經營管理有一定的自主性，以獨立收支均衡作為經營的原則，也擁有接近民間企業的性質（植草益，1982）。由此可知，公營事業本身是介於行政機關和民間企業的中間領域而設立，一方面和行政機關相同，負有達成公共目的的義務，另一方面和民間企業相同，都屬於獲利性的事業機構。而公營事業也因具有雙重性質之故，其經營管理較單一性質的行政機關或民間企業為複雜。因此，對公營事業而言，欲達成調和公共性和企業性這兩個本質上相對立的要素，長久以來即被視為是相當困難的課題。

針對此點，日本公營事業的研究學者大島國雄就曾提出如下的看法：他認為，所謂公共性和企業性，應建立在「以公共性為目的」和「以企業性為手段」的認知基礎上（大島國雄，1984；1987）。若根據大島國雄的見解，公營事業本身公共性和企業性的關係，則不是互相對立，而是目的和手段的關係。在這樣的前提下，角本良平更進一步闡述，當目的破壞手段時，目的本身根本不可能實現。因此，為了要達成目的，儘可能維持健全的經營手段是有其必要的（角本良平，1989）。換言之，為了達成公共性的目的，其不可或缺的前提條件是企業性手段的發揮。

但問題是，在公共性的名義下，公營事業的經營容易受到政治、行政的介入，阻礙效率的發揮。又因為公共服務的輸出不同於民間企業的經營，很難以獲利多寡來衡量，造成公營事業的經營者缺乏責任感，也導致績效日益惡化。因此，為求經營自主性的發揮和績效的提升，單是在公營事業的制度內進行改革是不足夠的，也因而發展出有關民營化的論述。

一般而言，民營化政策被視為是回歸市場原理和脫離政府干預的一種制度設計，並藉由補助金的削減和出售股權所增加的收入來縮減政府的財政赤字。但如前所述，公營事業本身因有公共性和企業性的雙重特質，即使民營後，此種特質依然存在。若不考慮公共性的特質，僅從企業性的觀點來判斷是否民營化的話，或許有欠公允。因而，在探討民營化政策時，除了強調業者本身企業性功能的發揮之外，如何能確保公共性這點，則成為民營化後重要的課題。若借用上述大島國雄或角本良平的用語，也就是民營化後會產生如何防止手段破壞目的，也就是企業性破壞公共性的問題。

有鑑於此，作者認為，在檢討民營化政策時，不應僅止於從經營效率、收支狀況等經濟層面來探討，公共服務確保與否的層面也需加以考量。申言之，在公共性的限制下，企業性如何發揮的公營事業經營問題雖然隨著民營化政策的實施、經營型態的改變而得以暫時獲得解決。但緊接而來的是，如何避免民營化之後，在強調企業性的同時，而衍生出公共性確保的問題。也就是，不僅是民營化企業，包括行政機關或地方政府在內的組合式公共性因應措施，也隨著民營化政策的施行而需做進一步的探討——這正是本文研究動機之所在。

資料來源：林淑馨，2003：27-28。

然而，有時寫論文只因對該主題較為熟悉或工作需要，所以題目本身未必能呈現出前述的強烈衝突關係。此時，研究者或許可以改從為何想研究此議題，**是想知道什麼或瞭解什麼方向思考**。在這過程中，**應該是有某些「轉折」或是「因素」誘發研究者想進一步探討，這就是很好的「動機」寫作材料**。

如範例 3 所示，作者在〈民間參與公共建設的迷思與現實：日本公立醫院 PFI 之啟示〉一文中，即嘗試探討「民間參與公共建設本應可以解決政府沈重的財政困境，但卻因為許多不預期的弔詭結果，使各界對於民間參與所能帶來的成效轉趨保守的態度」，因此，作者想瞭解其「轉折因素」為何？民間參與公共建設究竟是「萬靈丹」或是「毒藥」？此乃是作者進行該研究之動機。

（前面省略）

不論台灣或日本，由於受到沈重財政壓力的影響，兩國政府似乎皆傾向引進民間資金、技術與效率來作為提升公共服務品質與減輕政府財務壓力的解決方式。然而，若回顧民營化或公私協力的執行成效卻不難發現，實證研究結果並未能充分支持民營化或公私協力的基本假設，如提高服務品質、降低服務成本或減輕政府的財政負擔等的效果，諸多不預期的弔詭結果，使人不得不對民營化或公私協力的理論預期效益產生質疑。這些似乎可以從日本已有兩個 PFI 個案在開始營運不久後即提前解約（一個已正式解約，另一個在進行中），而正在審議或討論中的 PFI 個案也有陸續中止的情況發生而得到證明，致使各界對於 PFI 所能帶來之成效也轉趨於較保守的態度。同樣的情況也發生在台灣。高鐵自 2006 年開始營運以來即出現 131 億元的虧損，到了 2009 年累積債務高達 4 千多億元。由於我國宣稱高鐵為世界最大的 BOT 案，也是社會大眾所熟知且關係民眾交通便利性的重要案例，如此高額的虧損難免使社會大眾對於民間參與公共建設的可行性與成效產生擔憂和疑慮。因之，認為有必要重新整理民間參與公共建設的基礎理論與執行目標，釐清政府推動該政策所欲達成之目的，探討民間參與公共建設是否真能解決政府的財政困境？達

到減輕政府財政負擔，降低財政風險，以及提升公共設施經營管理效率之目的？其究竟是一帖「萬靈丹」或是「毒藥」？

資料來源：林淑馨，2011：3-4。

3-3

研究目的與問題

在進入本小節的主題前，先請各位讀者看看下列的研究目的與問題究竟有哪些不同？

- 研究目的
  1. 瞭解北市府辦理公設民營業務的情況，以及採取公設民營模式來辦理政府業務委外的理由為何。
  2. 瞭解北市府選擇合作對象的標準為何，以及民間機構承接業務的考量因素為何。
  3. 瞭解北市府與民間團體雙方合作過程中，在業務執行的情況上是否遭遇到什麼困難、問題。
- 研究問題
  1. 北市府目前辦理公設民營業務的模式、理由為何？
  2. 北市府如何選擇承接業務的對象?
  3. 北市府與業者在合作過程中所面臨的問題、困境為何？

相信很多讀者都會覺得上述兩者很像。「研究目的」與「研究問題」究竟要如何區分？應該深深困擾著許多論文寫作的初學者。就曾經聽過學生有如下的回答，「分辨研究目的與問題的差異在於：研究目的是句號，研究問題就是將句號改為問號」。而上述的例子也的確是這樣。但果真是如此嗎？試想果真如此，那「問題」與「目的」又有何不同？為何又需寫兩次呢？究竟該如何才能加以明確區分？作者根據幾年來的教學和寫作經驗，嘗試說明如下：

一、研究目的陳述

在閱讀學生論文時會發現，研究目的普遍寫得不清楚。因為坦白說，一般學生的真實研究目的只是要拿學位，所以任憑其抓破頭都想不太出有何特殊或學術性的「研究目的」。Maxwell（2005，轉引自畢恆達，2010：10-11）認為研究目的指的是，這個研究的最終目的為何？想要對何種問題有所啟發？我們為什麼要關心此研究結果？此研究為何值得做？他將研究目的分為下列三種：

（一）個人目的：包括實踐改變現況的熱情、滿足對特定現象的好奇心、從事某一類型研究的渴望，或是為了工作需要或升遷等。

（二）實踐目的或政治、社會目的：為了改變社會現況以達成某個目標或滿足某些需求。如為改善失業率過高問題、消除種族歧視問題等。實踐或政治目的可以是合法目的之一，但重要的是，要清楚他們從何而來以及對此研究的含意為何？

（三）研究或學術目的：瞭解，並對社會現象產生見識。研究在學術環境中進行，我們要問這個研究是否可能有理論與方法上的創新、是否能填補某個研究領域的空缺等。

基本上，上述這三種研究目的可能同時並存，也可能因個人而有不同的比重。無獨有偶的是，作者多年來在教授學生寫論文時，也常常在其「百思不得其解」時暗示學生，可以將研究目的分別從「學術目的」和「實務目的」兩方面來思考。換句話說，研究此主題，在「學術上」有何期望？是彌補該研究領域的不足或是企圖修補或推翻相關的理論？此乃是所謂的「學術目的」。至於「實務目的」則可以嘗試從本研究對現實社會、自身工作環境有何改變或助益等面向思考，也就是比較「現實」的面向。之所以不提「個人目的」，主要是考量個人目的因有較強的主觀意識，未必會受到普遍認同所致。

以下作者以曾經指導過的學生——王健銘所著之《我國環保類非營利組織行銷策略之研究》為例，來分析其研究目的的陳述方式。該文乃是將其研究目的區分為「學術」和「實務」兩面向，主要內容如範例 4 所示：

範例 4

<u>在學術上</u>，鑒於目前較為完整環保類非營利組織行銷策略研究付之闕如的情況下，期望透過本研究來補充與加強非營利組織在行銷策略研究上缺乏環保類非營利組織的缺塊，使得非營利組織在行銷策略研究上更為完整。

<u>在實務上</u>，首先透過本研究的實證結果，來瞭解我國環保類非營利組織在從事行銷工作的現況。其次，為

了使環保類非營利組織能有效達成使命，整合行銷理論以及實證資料分析之結果，用以提供我國環保類非營利組織在從事行銷時之參考與借鏡。

資料來源：王健銘，2011：5。

二、研究問題的提出

研究問題之於論文，就如同發展目標之於組織。因此，研究問題陳述的明確與否，攸關整體研究的品質。一篇好的論文通常會有清楚的研究問題，以帶領讀者瞭解研究者的研究目標。一般對於初學者而言，為了清楚描述研究問題，通常會將研究問題區分為「主要研究問題」和「次要研究問題」兩部分來陳述，前者是該論文所欲討論的最核心問題，後者乃是作為完成前者的基礎與分項。換言之，當次要研究問題都找到解答時，則主要研究問題乃迎刃而解。此外，若研究者對於研究問題的掌握已經相當明確，也可以根據所要探討之內容，依序整理問題。

如以杜明洲所寫的《環境政策執行過程之比較研究——以台北市及台中市垃圾清運為例》一文為例，如範例 5 所示，其「主要研究問題」是「比較台北市與台中市垃圾清運政策執行之現況為何？」，而「次要研究問題」則是根據主要研究問題所發展出的幾個小問題，如「兩縣市實施垃圾清運的背景因素、法源」、「專責機關、資源配置」、「垃圾清運政策執行所採取的管理方法」、「遭遇困難與解決方法」等。換言之，由於無法一次回答主要研究問題這樣「大的」問題，倘若能將這幾個「小的」次要問題逐一釐清解決，那麼主要研究問題便能得到所要之答案。

範例 5

- 主要研究問題：比較台北市與台中市之垃圾清運政策執行之現況為何？
- 次要研究問題：
  (1) 台北市與台中市之垃圾清運政策實行的背景原因及法源依據為何？
  (2) 台北市與台中市之垃圾清運政策執行的專責機關、配置資源為何？
  (3) 台北市與台中市之垃圾清運政策執行所採取的管理方法為何？
  (4) 台北市與台中市之垃圾清運政策於執行過程遭遇到哪些困難？採取哪些因應措施以為解決？
  (5) 依據上述各次要研究問題，分析比較台北市與台中市之垃圾清運政策上之差異為何？是否因為不同的執行機關、人員、內容以及方法而有不同的結果？
  (6) 兩市垃圾清運政策執行經驗，有哪些地方值得作為彼此之借鏡？

資料來源：杜明洲，2004：9。

又如王健銘在《我國環保類非營利組織行銷策略之研究》的論文中，則是將研究問題區分為「主要研究問題」和「細目研究問題」，而「細目研究問題」則根據其內容需求才決定是否要進一步再細分「子問題」。

範例 6

壹、主要研究問題

我國環保類非營利組織行銷策略為何？

貳、細目研究問題

一、我國環保類非營利組織在制定行銷策略時，所考量的環境要素為何？而其影響又為何？

（一）我國環保類非營利組織在制定行銷策略時，所考量的內在環境要素為何？

（二）我國環保類非營利組織在制定行銷策略時，所考量的外在環境要素為何？

（三）我國環保類非營利組織在內外在環境分析時考量要素的差異，對於行銷策略有何影響？

二、我國環保類非營利組織在制定行銷策略時，組織的行銷對象有哪些？選定時所考量因素又為何？

三、我國環保類非營利組織在行銷策略規劃上所考量因素為何？在運用上又有何不同？

四、我國環保類非營利組織在制定與執行行銷策略時有何困境？又如何克服？

另外，丘昌泰在《剖析我國公害糾紛》一書中所陳述的研究問題方式，既不是以一般認為「問題的提出應該最後有問號」的表現方式，也不是上述所建議的將其區分為「主要研究問題」與「次要研究問題」，而是將所欲探討的問題，以「列點」方式列出，如「當前石化工業公害糾紛問題的性質與結構」，然後在每一點後面才陳述欲釐清此研究問題，應探討的「子」問題，如「從石化工業所遭遇的自力救濟運動之發展來看，石化工業公害糾紛問題有何特質？」、「環保回饋問題、公害鑑定問題、公害糾紛處理的泛政治化問題等之癥結為何？」。

研究問題的提出

綜合前述的剖析，本研究擬探討的問題可以歸納為下列幾點：

（一）當前石化工業公害糾紛問題的性質與結構：從石化工業所遭遇的自力救濟運動之發展來看，石化工業公害糾紛問題有何特質？環保回饋問題、公害鑑定問題、公害糾紛處理的泛政治化問題等之癥結為何？

（二）現行我國的公害糾紛處理機制之批判與反省：我國的公害糾紛處理法有何窒礙難行之處？在處理公害糾紛過程中，公害糾紛調處委員會能否發揮功能？

（三）公害糾紛解決模式適用性之評估：公害糾紛調解模式在美國之實施成效甚佳，究竟其成功之原因為何？我國如欲建立公害糾紛調解模式，究竟應如何修正？此一模式之適用性為何？

資料來源：丘昌泰，1995：12。

另外，如果自覺本身功力夠，思緒清楚，可以清楚釐清自身所欲陳述的研究問題，也可以不採行上述的條列式寫法，改以統整的方式在文中進行綜合性闡述，進而帶出研究問題，如範例 8 與範例 9 所示。如是的寫法因非為條列式，文章的感覺較強，有興趣的讀者也可以嘗試挑戰。

範例 8

以日本為例，1985 年 4 月 1 日，日本開放電信市場允許其他電信業者進入，同時將電信公社給民營化，改為日本電信電話株式會社（簡稱 NTT）。在移轉民營之初，日本為了保障電信的公共性免於受到改革的影響，以制定特殊法（NTT 法）的方式課以 NTT 有供給全國電信網路服務的義務（NTT 法第二條），但如是的作法卻在 2002 年有了重大的轉變，改採普及服務基金制度。究竟是什麼樣的因素造成該國普及服務供給方式的轉變？新舊制度有何不同？其所帶來的影響與成效又為何？這些乃是本文所關心且欲探討的課題。

在台灣，自從 1989 年政府開放電信網路加值服務以來，即意味著我國的電信市場已進入自由競爭的時代。1996 年 7 月以前，我國的電信服務一直由交通部電信總局所單獨提供，同時擔任行政的監督與事業之經營。因此，有關電信普及服務的供給也是由電信總局所負責，藉由不同營業項目之交叉補貼來彌補其虧損。即使在中華電信進行改革後，仍欲藉由修正相關法令來達到普及服務確保之目的；如電信法第二十條與第二十一條。此雖意味著我國已逐漸正視電信普及服務的重要性，但有關電信普及服務制度的運作卻遲至 2002 年才開始，顯示我國在電信方面的改革速度仍是緩慢，對於普及服務議題的重視程度也略顯不足。然而，即便如此，我國普及服務制度施行至今其成效為何？在整體制度設計上是否有需要檢討改進之處？其與日本所制定之普及服務制度又有何差別？

資料來源：林淑馨，2008：73。

 9

……本文擬以和我國同為天然災害高風險國家，且災難好發類型和地理環境都極為接近的日本為研究對象。由於考量協力治理建構過程中，政府經常扮演關鍵的角色，能否釋出善意，分享權力，建立制度與誘因都是攸關協力治理成效的因素。因此，本文乃從法規和組

織運作兩大面向來觀察該國在災害防救體系中如何融入協力治理的觀念？又如何整合各種不同行動主體？而如此的制度設計，在面對東日本大地震時，各部門的協力情形與面臨之課題為何？以作為日後我國在建構或充實災害防救體系時之參考與借鏡。……

資料來源：林淑馨，2017：5-6。

由以上所述可知，研究問題的提出雖沒有一定的寫作方式，但絕對不是僅將研究目的的「句號」改成「問號」如此單純的寫法。「研究目的」與「研究問題」兩者之間，實存有相當大的差異。如何將其清楚區辨並予以內化，則需要各位讀者用心加以觀察體會。

3-4

研究方法與限制

第一章的構成除了涵蓋前述的研究背景、動機、目的與問題等四項基本內容外，部分論文會將研究方法、研究限制、研究流程、名詞解釋，甚至是章節安排等都一併放入。對此，作者認為沒有所謂好與壞的問題，主要乃是個人的寫作習慣以及指導教授對論文格式的要求不同所致。在這些項目內容中，研究方法與研究限制屬於較為重要的部分，一般論文通常會以一節來加以陳述。由於研究方法的嚴謹與否會影響讀者對該論文的評判，所以倘若論文的第一章中並未見作者提及相關的研究方法，那肯定是在論文中另闢專章對研究方法詳加介紹。至於研究限制除了可以放在第一章外，也有的論文會將其置於最後的終章。當然，根據研究限制所放置地方之差異，其所呈現的作用與內容也會有所不同。若是將研究限制放在第一章，主要的目的乃是「預測」或「假設」之後論文進行中可能會遇到的問題，而將採行哪些方法來加以解決或避免。倘若將其置於終章，主要的考量則是基於研究已經完成，藉此反思論文進行過程中所遭遇到的問題，對該文產生何種影響，進而提供後續研究者參考。至於名詞解釋、研究流程與章節安排等內容，因較為制式，重要性不高，整體而言，其有無並不會影響論文的評價，故較為彈性。以下乃針對研究方法和研究限制的寫法與內容分別說明。

一、關於研究方法

（一）研究方法的選取

多數初學者常會有「選擇哪一種研究方法較好？」的困擾。事實上，研究方法的選擇沒有所謂的「好壞」問題，只有「適不適合」問題。也就是說，研究方法的選取端視研究旨趣、研究內容以及所欲達成之目的，倘若欲研究主題是調查影響、滿意度、認知程度等，能獲得大量樣本的「問卷調查法」可能較為合適；若是想對特定主題有深入的瞭解，那麼「深度訪談法」、「焦點團體訪談法」，甚至是「田野調查法」等質性研究法或許較為適合。當然，一篇論文的研究方法不限定只有一種，大多數的論文可能採取複數的研究方法，例如同時使用文獻分析法、問卷調查法、深度訪談法三種研究方法或是更多。但無論如何，切記並非研究方法越多越好，論文也不會因而越有水準。重要的是選對研究方法，才能達到研究目的，提升論文的學術價值。

例如有學生想要研究現今大學生的消費行為，卻選擇訪談數位大學生，也就是使用「深度訪談法」，但是就算訪談 20、30 位大學生，是否就能瞭解當今大學生的消費行為呢？因為大一到大四、國立和私立、北部和中南部的大學生可能消費行為有很大的差異，若僅訪問數位大學生，其信效度應會受到質疑，而影響論文的學術和參考價值。故為了避免上述問題發生，「問卷調查法」應該是比較適合的研究方法。在考量時間和所能運用的經費後，透過普查或分層抽樣，運用「科學」方式，盡可能使調查對象能夠涵蓋每一階層或每一區域的大學生，如此才能正確瞭解現今大學生的消費動機，分析其消費行為，研究也才有參考價值。

（二）研究方法的寫法

究竟該如何陳述研究方法？有人會用條列方式將本身所欲使用的研究方法逐一列出，或是像撰寫教科書般將該種研究方法的定義與優缺都鉅細靡遺予以詳述。然而，論文中之所以需要寫研究方法，主要目的是希望讓讀者瞭解該論文是透過哪些手段、方法而完成的？或是運用哪些工具？故研究方法的內容至少須滿足上述目的才算是完整。

也因之，在撰寫研究方法時可以嘗試從兩方面著手：一是「概述」該研究方法的特質。因為不是所有人都瞭解該研究方法，所以有必要簡述該研究方法的特性、優點與透過此方法所能達到的目的。二是描述在本論文中「如何使用」該研究法。順帶一提，若研究方法放在第一章，通常內容比較簡潔，但若是另設專章，如「研究設計」，內容通常較為詳盡。為了方便讀者學習，在本章中乃舉兩種研究方法的寫作範例以供參考。

1. 條列式寫法

如範例 10 所示，此種寫法除了分點列出該研究所使用的研究方法，以及藉由該研究法可以蒐集到何種資料外，針對該研究法如何使用，可以達到哪些研究目的也都一併說明，其優點是簡潔清楚，一目了然。

範例 10

（一）文獻分析法：文獻分析法是指根據研究目的蒐集相關文獻資料，資料的蒐集必須要求豐富、廣博，並將蒐集到的資料進行分析及統整，以協助筆者能精準且全面性掌握研究問題的一種研究方法

（二）深入訪談法：深入訪談法主要是透過訪問者與受訪者之間的互動，藉由設計過的「人為」談話情境，在訪談的過程中獲得所欲得到的資訊。透過面對面的訪談，瞭解受訪者實際參與的經驗以及對事件的看法與認知。

2. 綜合式寫法

相較於上述範例 10，範例 11 的寫法更加詳細，甚至還有研究設計的影子。換言之，此種寫法不僅是介紹該研究方法，還包含如何操作，亦即研究對象的選取。通常採取此種研究方法的寫法後，因為已經將研究對象的選取交代清楚了，後續就不會再有「研究設計」這章，以避免內容不斷重複。

範例 11

（一）文獻分析法：本研究將對與研究主題相關的國內外文獻、資料做廣泛的蒐集、整理與分析，而這些資料包括以下幾個部分：1.有關協力理論的國內外文獻，以及政府與非營利組織協力之學術性論著，

用以瞭解各國政府協力發展環境的背景與相關理論，並建立一個較完整的理論分析架構。2.我國有關地方政府所發行的相關白皮書或出版之報告書，以及各種官方文件、議會紀錄、統計資料，甚或各時期的社論、評論等，用以窺知我國推動協力的背景與歷程，釐清中央與地方政府在選擇與非營利組織協力時所持的期待和欲達成之目標。3.有關我國各地方政府與非營利組織協力的相關新聞報導，以作為資料的補充和現況的瞭解。

（二）深度訪談法：深度訪談的優點在於經由技巧的探詢，可以深入瞭解受訪者對相關議題的看法。因此，為了提高問卷設計的適切性與完整性，並彌補問卷調查在議題深度瞭解方面的限制，以及瞭解我國這五個地方政府在推動協力所欲達成的目標和產生的影響，在本研究中，作者擬對這五個都市承辦非營利組織協力相關業務的負責人員進行深度訪談，用以瞭解該市協力業務執行的過程、實施現況與所面臨的困境，藉以彌補現行文獻資料的不足，並獲得新的、一手資料與論點。目前鎖定的訪談對象乃是新北市、台中市、台南市、高雄市和台東縣這五個地方政府承辦文教、社福與環保業務的教育局、社會局和環保局之相關人員。另一方面，為了深入瞭解非營利組織對於地方政府推動協力業務的看法，用以作為日後改進協力制度的基礎，作者乃根據立意抽樣，從回收問卷中挑選出部分非營利組織進行深度訪談，以探究非營利組織對協力事務的認知與看法。所希望訪談的對象則是非營利組織中曾有與地方政府接觸或有協力經驗的專職人員。而為能充分掌握資料，在進行訪談之前，作者會事先擬定訪談大綱，並提供給受訪者，預計每次訪談時間為 1 小時至 1 小時半。訪談前必定與受訪者溝通訪談進行與記錄方式，經過受訪者同意後將以同步錄音和筆記來記錄訪談內容，以求訪談內容能詳實呈現。至於訪談內容的分析，則有賴反覆地詳讀訪談內容，並與所蒐集的文獻資料做對照，倘若有混淆或模糊之處，則在受訪者的同意下，將以電話再做一次疑點之釐清，盡可能達到正確地呈現訪談內容之目標。

（三）比較研究法：本研究是以我國新北市、台中市、台南市、高雄市與台東縣為例，來探討我國這五個地方政府與非營利組織協力的現況、成效、影響與課題。由於四都的人口數量較多，登記在此四縣市的非營利組織無論在數量與類型方面皆較其他縣市多元，所以某種程度應可以視為是我國都會型地方政府與非營利組織協力現況之表徵；另一方面，台東縣因人口數最少，屬於鄉村型地方政府，登記在該市的非營利組織也相對較少，故本研究選取台東縣作為對照性都市，希望在本研究最後能藉由靜態文獻蒐集和動態的訪談與問卷調查資料，透過比較研究來分析比較這五個地方政府在推動協力業務時在採行的作法上之差異與產生之影響、困境，並探究造成這些差異的主要因素，瞭解都會型地方政府與鄉村型地方政府在推動協力政策或與非營利組織進行協力時的差異。

二、研究限制的寫法

多數學生在寫研究限制時，最常將時間、金錢、語言這三項列為限制因素，如「因為受限於時間，所以只能採用深度訪談法（或問卷調查法）」，或是「受限於語言，所以無法閱讀所有資料」等，也有將本身的研究方法視為是限制，如「本研究採質性研究，基於質性研究的特性，無法如量化研究般蒐集大量資料」，殊不知只要列出這幾項限制，等於破功，宣告這本論文問題百出，不值得一讀。因為既然研究方法不正確、研究對象不完整、資料蒐集不完全，那麼這本論文還有什麼值得閱讀或參考之處？但若仔細想想，哪個人可以有充裕的時間、經費，同時可以精通各國語言，窮盡所有參考文獻？故上述的「研究限制」恐怕是你我、所有人在進行研究時都會遇到的問題。

既然如此，那麼「研究限制」究竟要寫些什麼？若從字面來思考，「研究限制」就是在「本研究」進行時「可能」或「已經」產生的「限制」。若是前者，也就是先思考「研究進行時可能產生哪些限制」？那麼如是的內容適合放在第一章，如範例 12 與範例 13，可以在限制之後，說明如何降低這些限制對研究產生的影響。另外，也有將研究限制放在論文最後，旨在回顧該論文進行過程中所曾遇到的困境，對該論文會產生哪些影響，如範例 14 所示。

事實上，研究限制無論放在第一章或終章，採取哪一種寫法，都沒有好壞或對錯問題，主要是希望研究者釐清論文進行時可能面臨的問題，所謂「知己知彼」，要先知道自身研究可能產生的缺失，並積極思考因應對策，才能減少錯誤的產生；或是透過最後完稿來來檢視研究的困境，以作為後續研究者借鏡或參考。

範例 12

非營利組織名冊的建立與問卷回收難以掌控為本研究最大的限制。在臺灣，由於沒有統一的非營利組織主管機構，相關資料分散在各處，無完整的名單或資料庫，樣本數的蒐集相當困難。在前半段蒐集名冊資料過程中屢受挫折，所發放的問卷也可能因為名冊地址刊載不實無法寄達，或是社會信任不足，非營利組織不願回答等而影響研究結果的信度與效度。所以，為克服樣本數蒐集不易與低問卷回收率的發生，作者要求研究助理盡可能透過各類非營利組織主管機關的相關網站蒐集資料並進行覆核，必要時候甚至打電話至相關單位詢問，以減少缺漏並增加樣本數的可信度。另外，為提高問卷的回收率，作者在設計的問卷開頭，盡力說明問卷調查的重要性和必須性，以提高作答之意願。在問卷寄發之後，也運用電子郵件及電話進行催收，甚至補發問卷，以求提高問卷的回收率。又為了確定資料的信度，作者於問卷回收後有請研究助理進行核對整理，並就不清楚之處進一步追問，以期提升資料的準確性。

資料來源：林淑馨，2016：111。

範例 13

台灣的社會服務契約委託規模究竟有多大？競爭的形貌為何？是此一領域的研究工作者都想知道的答案，但截至目前公部門尚無完整可信的公開統計資訊供參，行政院公共工程委員會網頁上所能查到最接近者只有 GPA 適用機關勞務採購統計，不僅範圍僅及中央機關、北高直轄市與台灣省，缺乏各縣市詳細資料；且所謂勞務採購範疇又擴及專業服務、技術服務、資訊服務、研究發展、營運管理、維修、訓練及勞力等，缺乏社會服務的直接參考價值，因此本研究乃決定採取地毯式蒐集資訊方式，逐一商請地方政府填寫。蒐集公部門的各種資料對台灣的學術工作而言向來是一大挑戰，不僅需要動用甚多人情請託，所獲資訊之品質即使經過多重確認有時仍不得要領。儘管本研究的資料蒐集長達四個月，研究者已盡各種可能驗證資料的精確性，但受限於各地

方政府人員流動頻仍及至今尚缺乏具公信力的統計數據，因此即便此項資料得來至為不易，但在未能親訪每一地方政府並逐一確認每一筆資料的情況下，研究者並不完全滿意資訊品質，只能說這是台灣截至目前較完整、較接近事實的一份一窺委外規模與競爭現況的實證資料。

資料來源：劉淑瓊，2008：78。

範例 14

由於本研究研究方法與研究旨趣並不在嘗試建構出一套「理想、理性的非營利組織與企業組織合作模式」，也沒有概推的雄心及意圖，所以並無法呈現雙方在合作過程中相關變項間的關連性（例如某類型的組織具有某些條件，會選擇某類型組織以某種方式合作募款活動），而僅是將受訪者的經驗忠實地表達出來，這可能使整個研究結果顯得平面化。……

資料來源：鄭怡世，2001：31。

・參考文獻・

Harry F. Wolcott 著，顧瑜君譯，2005，《質性研究寫作》，台北：五南。

王健銘，2011，《我國環保類非營利組織行銷策略之研究》，東海大學行政管理暨政策研究所碩士論文。

丘昌泰，1995，《剖析我國公害糾紛》，台北：淑馨。

杜明洲，2004，《環境政策執行過程之比較研究——以台北市及台中市垃圾清運為例》，東海大學公共行政研究所碩士論文。

林淑馨，2001，〈民營化政策的公共性和企業性：以日本為例〉，《行政暨政策學報》，33：149-172。

林淑馨，2003，《鐵路電信郵政三事業民營化：國外經驗與台灣現況》，台北：鼎茂。

林淑馨，2004，〈我國電信事業民營化對普及服務影響之實証研究〉，《政治科學論叢》，22：221-254。

林淑馨，2008，〈電信產業改革與普及服務制度：日本與台灣的比較分析〉，《政治科學論叢》，26：71-103。

林淑馨，2011，〈民間參與公共建設的迷思與現實：日本公立醫院PFI 之啟示〉，《公共行政學報》，39：1-35。

林淑馨，2016，〈台灣非營利組織與地方政府協力的實證分析：以六縣市為例〉，《政治科學論叢》，69：103-148。

林淑馨，2017，〈從協力治理檢視日本的災害防救：以東日本大地震為例〉，《行政暨政策學報》，65：1-37。

鄭怡世，2001，〈非營利組織與企業組織合作募款模式之探討——以民間福利服務輸送型組織為例〉，《東吳社會工作學報》，7：1-36。

劉淑瓊，2008，〈競爭？選擇？論台灣社會服務契約委託之市場理性〉，《東吳社會工作學報》，18：67-104。

畢恆達，2010，《教授為什麼沒告訴我（2010 全見版）》，新北市：小畢空間。

Chapter 4 如何進行文獻回顧與探討

4-1 文獻回顧的目的

4-2 撰寫文獻回顧的認知

4-3 撰寫實例與技巧

4-4 撰寫文獻探討應注意的事項

在熟悉文獻資料的入手管道後，即可以一邊閱讀資料，一邊著手進行文獻回顧的整理。由於人類知識是經由累積而得，所以不難發現，在翻閱碩博士論文後，幾乎所有論文都會有一節或一章是在進行文獻回顧。因為研究者必須就其研究的主題針對以往的文獻進行檢閱，並思考如何將以往的研究加以延伸或突破，這便是文獻回顧為何會在研究中占有重要地位的原因。

但是，多數學生往往不能瞭解文獻回顧的真實目的，在參閱前人的論文以後，誤以為只要畫個表格，將幾篇論文的摘要打進去，製作成類似「型錄」，就算是盡了整理資料的本分，完成回顧的工作，卻完全沒有整理與分析。這樣的作法其實毫無意義，充其量只能增加論文的「量」（的確可以占了不少篇幅），卻無法提升論文的「質」，同時意味著研究者對該領域的不瞭解與不熟悉。為了避免類似錯誤一再發生，作者希望讀者能先對文獻回顧的目的有正確的認知，然後再藉由實例分享文獻回顧的相關技巧。對初學者而言，文獻回顧雖然不容易上手，但經由重複的練習，並掌握整理技巧，相信應該可以跨越整理與分析的障礙。

4-1

文獻回顧的目的

一般而言，所謂文獻回顧係指針對某一主題，有系統的查詢相關的出版資料後，**經由批判性的閱讀**，整合所讀的相關資料，從而寫出研究者對這些文獻的看法與評述。也就是說，研究者必須先蒐集相關的文獻資料，回顧所有針對某一主題所累積的知識，而有初步的研究架構與模式。有研究即指出，「研究不是一項孤芳自賞的、無視他人研究發現的隱士活動。相反的，而是許許多多相互分享研究成果的研究者，以社群的力量來追求知識的集體努力」；甚至是「今日的研究是建立在昨日的研究之上」（W. Lawrence Neuman 著，朱柔若譯，2000：174），顯示文獻回顧的目的與重要性。

在研究之前進行文獻回顧，最好可以由學術期刊論文的參考文獻中去尋找，也可以從政府出版品、專書、碩博士論文等方面去著手。換言之，**研究者藉由文獻回顧可以瞭解截至目前為止前人的研究成果以及不足之處，以作為本身研究之參考。**一般而言，文獻回顧通常出現在介紹新的或初級資料的報告上，或是在一些較嚴謹的學術研究中，主要之目的在於藉由文獻回顧呈現出研究者對於該研究議題的掌握和瞭解程度，同時也襯托出該研究主題的價值和意義。因此，一個好的或出色的文獻回顧並不僅是文獻資料的堆砌，而是研究者針對該一研究議題所蒐集的關係資料所進行的整理、歸納、分析與批判之總和。

由以上所述可知，一位負責任的研究者在進行研究之前應該將有關該研究主題的文獻蒐集與整理視為重要的步驟。哈佛大學人類學教授柯拉康認為：「除非已經蒐集和綜合大部分現有文獻，否則實地研究將遭受到物質短缺的困難，並且也無法提出適當的研究問題」，因此一個好的文獻回顧將可以幫助研究者在研究過程中進行得更加順利。根據學者所言，文獻回顧的目的可以整理為下列幾點（席汝楫，1999：35-36；W. Lawrence Neuman 著，朱柔若譯，2000：175）：

一、彰顯對某一知識體系熟悉的程度，並且建立研究者對於該研究領域的信用

一篇好的文獻回顧可以告訴讀者該研究者對於此研究領域的瞭解程度，知道哪些是主要研究議題，以及各議題的研究成果並評論其不足之處。其目的即在彰顯研究者本身對該領域的熟悉度，藉以建立研究者對該研究領域之信用或權威。試想如果該研究的作者能在文中告訴讀者有關該主題的研究概況與成果，是否較能展現對該主題的瞭解深度呢？

二、顯示過去的研究方向以及當下研究與過去研究的關連性

一篇好的文獻回顧可以提綱挈領地告訴讀者關於某個問題的研究方向以及研究成果，並清楚描述現階段的研究與過去研

究的關連性和差異性，藉此襯托出本研究之重要性。如範例 1 所示，由於文中提到地方政府與非營利組織協力的研究不多，且僅限於嘉義地區，加上受到研究經費所限，只能採訪談方式，無法進行大規模問卷調查，故該研究為彌補參考文獻之不足，乃以六縣市（五都和一非都會都市）為研究對象，以問卷為主，訪談為輔進行研究。由此可知，前述的文獻回顧乃具有襯托現階段研究與過去研究差異與重要性的功能。

範例 1

在整理與檢視非營利組織與政府協力或互動的相關文獻時卻發現，相較於政府與非營利組織協力或互動理論與模式的探討，國內地方政府與非營利組織協力或互動之研究則相對缺乏，僅有少數幾篇論文是以此為主題而進行較深入的討論：如呂朝賢（2002）以九二一地震為例，來分析地方政府與非營利組織間的關係；以及呂朝賢、郭俊巖（2003）以嘉義地區為例，探討地方政府與社福型非營利組織的關係。另外，官有垣、李宜興（2002）以嘉義新港文教基金會為例，來探討地方民間組織與政府在社區營造的夥伴關係。作者認為，此種研究現象或許可以解釋為由於我國地方政府與非營利組織的互動關係仍處於摸索階段，導致地方政府對於如何協助非營利組織發展或與非營利組織合作感到陌生，再加上地方政府受到財源與專業方面的限制，各級地方政府在推動非營利組織與之協力時並未能建立一套明確的制

度或規範，使有意參與協力的非營利組織因不清楚自身的權利義務而卻步，也直接影響該研究議題的發展。另一方面，或許受限於實證研究需要花費龐大的經費、時間與人力，倘若沒有經費支援，是很難完成研究。〔本研究因採質化與量化，故能彌補現行文獻之不足〕

三、避免不必要的重覆，以節省精力和時間

一篇好的文獻回顧可以幫助研究者釐清研究問題的價值性，並提供可行的研究方法，以減少試行錯誤的時間。因為有時研究者會自認為本身所進行的研究是具獨創性的，殊不知有可能前人已利用相同研究方法完成相同議題之研究。所以透過文獻回顧可以清楚瞭解該議題的研究現況與成果，避免上述窘境的發生，而浪費時間與精力。

四、向他人學習並刺激新觀念的產生

如上所述，經由文獻回顧可以告訴讀者關於先行文獻已經使用過的理論或方法，甚至是已經觀察過的個案與所發現之成果。如此一來，讀者即可以從文獻回顧中向前人學習並獲得刺激，進而產生新的觀念。

總之，透過文獻回顧除了彰顯研究者對該研究領域的瞭解外，還可以幫助讀者對該議題的研究方向、現況、研究方法與成果有更清楚具體的認知，並且藉由閱讀相關的文獻激盪出新

的觀念，並找出現階段研究與過去研究之間的關連性，用以呈現出自身研究的重要性和差異性。因此，文獻回顧在每本論文中扮演著相當重要的角色。

4-2

撰寫文獻回顧的認知

在一本論文中，文獻回顧通常放在第二章第一節，亦即在真正進入主題前，先藉由過去文獻的檢閱整理，告訴讀者該主題過去的研究概況，並評論其不足之處，以帶出本研究的重要。由此可知，文獻回顧扮演著極重要的地位，當然也絕對不是像許多碩士論文中所出現的，畫一個表格，按照時間、作者、篇名、摘要等條列就了事交差。如範例 2 所示，這種**型錄式的文獻回顧的寫法**，僅將相關論文以表格方式羅列出來，頂多將作者、篇名與摘要內容再重新描述一次，少則兩、三頁，多則近十頁，相信你我一定都在某本論文中看過。這樣的寫法除了簡單、快速、占篇幅外，因缺乏內容或論點評述，實在看不出有任何實質的意義，充其量僅能說研究者找了很多資料，但是否都閱讀完畢且消化吸收則不得而知，所以通常被認為是較不好的文獻回顧方式。各位讀者可以試著比較下列三種不同的文獻整理方式，即使同樣的列出表格，仍可以看出其中差別之所在；《最不好的範例》僅是文獻羅列出，卻看不出該作者有整理或吸收，而《較好的範例》則意味著該作者有將文獻予以消化吸收，進而才整理出主要論點。

《較不好的範例》

編號	年度	作者	研究題目	畢業系所
1	2003	王瑞麟	應用服務元件於企業資訊入口網站開發之研究	國立成功大學資訊管理研究所
2	2006	吳淑婷	專業社群 Intranet 之應用與影響——以人事行政網（e-CPA）為例	東海大學行政管理暨政策學系
3	2011	黃秋敏	「雲端人力資源管理資訊系統(WebHR)」使用者接受度之研究——以新北市為例	銘傳大學公共事務學系碩士在職專班
4	2012	許麗惠	建構人力資源管理資訊系統(WebHR)關鍵成功因素之研究	國立彰化師範大學商業教育學系
5	2012	饒海繻	桃園縣政府人事人員資訊素養、科技使用程度及人力資源資訊系統應用效益之研究	中國文化大學勞工關係學系

《稍微好的範例》

研究者	研究題目	研究焦點與內容
王于綾、林萬億（1997）	購買服務契約對民間福利機構影響之探討	首先提出民間福利機構的類型；其次說明民間福利機構的特色；再者說明購買服務契約對民間福利機構的影響；最後說明民間福利機構的策略。
唐啟明（1997）	台灣省推動社會福利民營化的現況及展望	首先說明社會福利事業民營化的概況；其次說明台灣省政府推動社會福利事業公設民營的現況；再者說明政府推動社會福利公設民營的問題與檢討。
黃協源、許智玲（1997）	福利民營化趨勢下的志願部門——英國經驗的探討	該文從志願部門與政府關係之演變，探討契約關係所建構之民營化趨勢下，志願部門於服務輸送過程中所面臨的角色功能之轉變，同時藉各種論見以為台灣民營化政策之借鏡。

施教裕（1997）	民間福利機構因應民營化之現況、問題及策略	說明民營化階段性角色與任務；其次透過問卷調查說明民間福利機構團體配合民營化推動的現況與問題；再者提出民間福利機構團體對民營化的因應策略。
范宜芳（2000）	非營利組織之公辦民營	首先說明公辦民營的意涵；其次說明公辦民營的類型與趨勢；再者說明承辦公共福利機構應具備的條件；第四說明公辦民營遭遇的問題與影響；最後，提出公辦民營未來的挑戰。

《較好的範例》

學者論說整理表

學者	主要論點
李建良	資訊的主動公開、資訊的被動公開
劉宗德	資訊公開基本觀點、既存資訊開示制度……等八項
林素鳳	公開文書之範圍、部分公開、情報公開審查會、適用對象、文書之管理、不公開之限制、文書存否之拒答、訴訟特別審判籍
劉靜怡	電子閱覽室、受請求資訊格式的指定、資訊取得順序和多軌處理問題、快速審查之要求、審查時間的限制
法治斌	政府主動公開資訊之範圍、適用機關之範圍、申請人範圍、限制資訊公開之範圍、主管機關之選定
程昔武、紀綱	在內容方面應體現廣泛性、在時間方面應具備適時性、在管道方面具有多樣性、在技術手段方面應充分利用現代資訊科技
Herzlinger	揭露、分析、發布、懲罰

資料來源：陳宇宬，2011：33-34。

大抵而言，撰寫一篇有系統的、好的文獻回顧，**必須有清楚的研究目的，然後以批判的角度來閱讀相關文獻**。因為研究的本質原本就建立在懷疑的基礎上，研究者不應該因文獻已經被刊登，而認為是具有權威性的、是無懈可擊的，以致毫無疑問地完全接受該篇論文所提出的所有論點，喪失身為研究者應抱持的質疑與批判精神。然而，帶著檢視和批判的角度來閱讀相關文獻是需要技巧的，而這些技巧需要時間與不斷練習方能培養出來。所以，**研究者在閱讀一篇論文之前，可以先根據該研究主題、摘要與關鍵字進行「想像」，「想像」該論文所欲討論與解答的問題，然後再閱讀內文，並嘗試檢閱論文題目與研究問題和研究發現或成果是否相符**。基本上，一篇好的研究論文其邏輯結構應該相當縝密，有清楚的研究或分析架構，各部分論述之關連性很強，而最後的研究結果也多能回應當初所定之研究問題。相對地，較差的論文不是在邏輯上呈現跳躍的情況，前後難以相互連貫，就是段落與段落間的連結性很薄弱。同時，研究結果和研究問題難以有清楚的關連與回應。

此外，一篇文獻回顧的完成，需要有良好的計畫與清楚流利的寫作技巧，這些都需要經過多次的重新改寫才能完成。換言之，即使是寫作經驗豐富的研究者也很難寫出一篇無需修改的文獻回顧。所以不斷地重複閱讀己身所寫的文章，重複地檢視研究問題與目的並進行修改，才能完成一篇好的文獻回顧。也因之，所有優良著作的寫作規則都適用於撰寫一篇文獻回顧，而且在撰寫文獻回顧時，必須清楚地表達其目的，及有系統的整合所有的文獻資料。

總結以上所述得知，藉由相關文獻的探討，可以瞭解所進行的研究和過去研究間的相關性，而且在分類的過程中，亦可以比較不同作者在基本假定、研究方法及研究結果的異同，或是在其論述中有所遺漏及不足之處，有助於研究者對該議題有更深入、全面的瞭解，並把相關類似的研究有系統地加以整理，此乃是文獻回顧在質性研究上所具有之重要意義。

4-3

撰寫實例與技巧

文獻回顧因涉及的資料龐大，許多學生即便蒐集和看了很多資料，一旦進入文獻回顧的階段，寫作進度就明顯緩慢下來，常面對電腦發呆，不知該如何是好。因此，為了協助讀者能快速掌握文獻回顧的技巧，在本小節中，作者透過幾篇不同文獻回顧的實例分析，用以幫助讀者早日脫離文獻回顧的可怕夢魘。

一、根據研究途徑或面向來分類

參考範例 3 所示，該作者是以研究途徑作為區分，從社會學與法律學兩個研究途徑來進行文獻檢閱。該作者除了整理介紹有關自力救濟的研究文獻外，同時還於每一項研究途徑之後（畫底線部分）說明透過該研究途徑可以獲得之啟示與意義，並進一步指出其不足之處。個人認為，如是的文獻回顧方式不但可以清楚呈現研究者對於資料的蒐集與瞭解狀況，還能顯示研究者對於該研究主題的熟悉程度與批判能力。尤其是最後一段，該作者整合兩研究途徑之研究成果，分別從研究對象與研究途徑來凸顯以石化工業為研究對象，以及從政策利害關係人角度來探討公害糾紛問題和因應策略的必要性與適切性。基本上，**這樣的文獻回顧模式不僅跳脫僅將相關文獻羅列但卻缺乏**

論述批判的缺點，還能間接呈現出該研究的學術意義與價值，個人認為是值得參考與學習的一種文獻回顧模式。

範例 3

民國七十年是台灣自力救濟運動風起雲湧的年代，有關自力救濟之文獻自此時開始出現。以研究途徑來看，有關自力救濟的研究文獻可以分為下列兩大主流：

一、社會學的研究途徑：

社會學的研究途徑，大都強調自力救濟運動在社會運動中的角色，他們視自力救濟為整體社會運動的一環，分析社會運動之成因與型態，很少論及運動抗爭者與政府決策者之間在「公共政策過程」上之互動。如：蕭新煌（民 78）認為社會運動為具有濃厚的反威權性格，是一種民間社會長期在封閉社會的政治系統下展開其「社會力」的力量，以擺脫「政治力」與「經濟力」的羈絆。高承恕（民 77）從經濟結構、政治控制結構、資源與溝通的改變或不良來說明社會運動的興起背景。

侯崇文與劉幸義（民 77）以新竹市水源里居民為例，分析公害自力救濟行為及處理方式。張茂桂（民 79）從「資源動員論」說明自力救濟形成的背景。葉俊榮（民 79，81）則著重於台灣地區所發生公害糾紛案例，分析公害糾紛的性質與結構。龐建國（民 80）從「國家機關對民間社會」的觀點，探討社會運動的興起與政治民主化之間的關係。

一般而言，此一研究途徑確實讓我們瞭解社會運動所顯示的政治與社會意義，使得我們能從社會運動的興起過程中理解政治結構轉型過程中所呈現出的糾葛。不過，我們認為：社會運動的推動者固然是民眾，但訴求的對象則是政策制定機關；因此，當我們分析自力救濟運動，當然有必要從政策制定者的角度觀察該運動所呈現的特質，故公共政策理論上的政策利害關係人觀點（Policy stakeholders perspective）可作為分析公害糾紛問題的基礎。

二、法律學的研究途徑

法律學者探討自力救濟運動著重於先進國家與我國公害糾紛處理法制的檢討與重建，如柯澤東（民 70）從法律觀點說明公害污染行政管制的原則；管歐（民 77）闡釋自力救濟之真正意義及其構成要件；邱聰智（民 76，77 & 79）的「日本公害糾紛處理法制之研究」與「公害糾紛處理法草案評議」；行政院經建會與環保署聯合委託台灣大學法律研究所鄭玉波、駱永家等人進行「公害糾紛處理及民事救濟法制之研究」（民 77），探討日、德、法、美等環保先進國家的法制，吸收該國經驗以規劃我國的公害糾紛處理及民事救濟法制。

環保署陳昭德（民 79）深入探討日本、美國、西德與法國的公害糾紛處理制度。葉俊榮的「環境行政的正當法律程序」（民 82）闡述環境行政正當法律程序的法律規範與制度內涵；「環境政策與法律」（民 82）一書則

從環境刑罰、公害糾紛、環境立法等角度分析當代美國環境政策之走向。

無疑地，這些法制研究對於當前我國公害糾紛體制的建立具有相當大的幫助，現行公害糾紛體制的催生與立法實應歸功於法律學者的努力。不過，目前我們所觀察到的現象是：我國的自力救濟運動實際上已經超過法律所規範的範圍，故它固然是法律問題，更是非法律性的問題；公害糾紛處理過程中所出現的泛政治化現象，就明白顯示出公害糾紛處理法制的拘限性，無法有效解決問題癥結，反而透過政治面的運作，才能擺平公害糾紛。因此，我們除了從「法制面」來檢討現行的公害糾紛體制之外，「非法制面」的建制與安排也是不容忽視的政策行動。

在自力救濟相關研究中，實際從環保自力救濟及公害糾紛之研究者，僅蕭新煌與葉俊榮二位，蕭氏接受環保署之委託，進行「七〇年代反污染自力救濟的結構與過程分析」（民 77），葉俊榮亦接受環保署之委託，進行公害糾紛處理白皮書之編纂（民 81），該書的第三章針對其所彙編的一八六件公害糾紛案件進行系統性的分析，頗具參考價值。環保署為確立公害糾紛處理機制，曾編撰「公害糾紛處理之檢討與建議」（民 79）與「公害糾紛處理白皮書」（民 81），前者檢討過去重大公害糾紛案例所涉及的程序法與實體法之爭議，以研擬公害糾紛處理參考準則；後者則以政策白皮書的形式，分析當前我國社會所發生的公害糾紛之性質與型態、政府對公害糾紛所採取的作法及其困難、以及未來之發展趨勢等。

儘管有關公害糾紛之研究已如上述，惟本研究作者認為：〔以下乃是該作者的評述〕

（一）就研究對象而言，社會與法律學的研究較著重整體產業的研究，並未特別針對石化工業所遭遇的公害糾紛及其處理情形進行系統性的分析。實際上，環保署的統計資料清楚顯示：以行業別而論，石化工業為遭遇自力救濟事件最頻繁的產業，約占17%；若以地域來分，公害糾紛發生最頻繁的地區仍為石化工業重鎮的高雄縣居多（民81年）；可見，專門針對石化工業進行自力救濟問題的研究，有其必要性。為解決石化工業所面臨的困境，行政院國科會環保小組特選定石化工業，從空間社會、公害醫學、政策法律與經濟社會等面向，進行大型的整合性研究。由此可見，以石化工業為研究對象，符合實務上與政策上的需要。

（二）就研究途徑而言，過去的研究者大都以社會及法律學者為主，前者著重公害糾紛的社會及政治上的特質，強調理論的驗證與發現；後者則多從法制面著手，強調公害救濟法制之建立。前述兩種研究途徑皆有助於公害糾紛問題的澄清與解決，本研究擬從公共政策的角度來分析公害糾紛及其處理過程中

所衍生的問題；從政策利害關係人的角度出發，當更能系統地理解公害糾紛問題的糾葛及其因應策略的可行性。

資料來源：丘昌泰，1995：13-15。

另外，如果該研究領域的相關文獻太多，無法一一陳述，則可以考慮以「分類列舉」的方式，將該領域具有代表性或重要的著作加以評述介紹。如範例 4 內文中，作者先將民營化的整體研究情況根據研究類型加以區分，如「有關民營化的研究大約可分為整合性研究或個案研討；前者多以國為單位，從各國的民營化背景開始談起，進而探討施行的實際狀況，指出其成果及問題點，尤其重視從各國的執行經驗中可獲得哪些寶貴的經驗，以作為本國參考……後者是藉由個案的分析，瞭解相同事業性質的民營化會遭遇到哪些問題，有哪些改革方案可作為參考或引為借鏡的。」

接著對在台灣的民營化，甚至有關國內的日本民營化研究進行評論：「在台灣，有關民營化的研究不能說是少數，但關於日本民營化的研究卻相當少，一般也多局限於概略性介紹，缺乏深入的探討，因而所能得到的經驗實屬有限。」最後乃以研究對象——日本為主，來陳述該國民營化研究的概況與研究主題的討論情形：「即使在日本，雖然有關民營化的研究不勝枚舉，但是鮮少從公共性和企業性的觀點來檢視民營化的成果。多數的學者雖提到公營事業本身公共性和企業性調和的重要性，卻也僅止於描述性的敘述，而缺乏深入的分析、探討。」此種文獻回顧的寫法，主要的目的在於呈現出作者對該主題研究的掌握與瞭解，並用以凸顯出該研究主題的重要性。由於所占的篇幅不多，除可用於碩博士論文外，還適用於一般期刊論文。

範例 4

二、文獻回顧與研究範圍

相較於其它學科，不論日本或台灣，民營化應屬於較新的研究領域。同時，也因研究領域和關心議題的不同，而產生不同的論說。一般而言，有關民營化的研究大約可分為整合性研究或個案研討；前者多以國為單位，從各國的民營化背景開始談起，進而探討施行的實際狀況，指出其成果及問題點，尤其重視從各國的執行經驗中可獲得哪些寶貴的經驗，以作為本國參考。例如，從英國的民營化施行過程中可以發現，藉由「黃金股」的設置可保留政府在民營化企業中的影響力，達到公共性確保的目的（野村宗訓，1993：132-133；1998：46-47）；後者是藉由個案的分析，瞭解相同事業性質的民營化會遭遇到哪些問題，有哪些改革方案可作為參考或引為借鏡的。如德國國鐵改革所採行的「車路分離」方式，目前被視為是較能提供公共性確保的鐵路改革方式（野村宗訓，1998：101-119；今城光英，1999：147-153），也因而成為包括我國在內各國的研究、學習對象（林淑馨，2000a：72-73；2001：40）。

在台灣，有關民營化的研究不能說是少數，但關於日本民營化的研究卻相當少，一般也多局限於概略性介紹，缺乏深入的探討，因而所能得到的經驗實屬有限。即使在日本，雖然有關民營化的研究不勝枚舉，但是鮮少從公共性和企業性的觀點來檢視民營化的成果。多數的學者雖提到公營事業本身公共性和企業性調和的重要性，卻也僅止於描述性的敘述，而缺乏深入的分析、探討（大島國雄，1984：65-67；1991：94-100；櫻井徹，1985：37-38；岡野行秀、植草益，1984：218-225）。因此，為了彌補上述研究的缺陷，作者欲以國鐵和電信公社為例，從公共性和企業性的觀點來檢証日本的民營化政策，並進一步以此為例，來探討民營化後，在企業性重視的情況下，維持公共性的方式。

（以下省略）

資料來源：林淑馨，2001：151-152。

二、根據年代來分類

如範例 5 所示，其文獻回顧的寫法是該作者先將公私協力的研究根據討論的時間予以區分為二〇〇〇年前後，再將二〇〇〇年以後的研究依協力對象區分為「以民間企業」或「以非營利或非政府組織」為主。如是的分類，除了讓不熟悉該研究領域的讀者能很快瞭解公私協力的研究發展概貌外，同時也呈現出作者對該議題的熟悉度和掌握能力。另外，該作者的文獻回顧並非僅是資料的羅列，在敘述時會適時加入個人對其文獻的評述（畫底線者），如「……較完整的公私協力論述應以吳英明（1996）所著之《公私部門協力關係之研究：兼論公私部門聯合開發與都市發展》最具代表性，內容之論述也較為深入」，或是「……作者認為，以上兩篇研究不但對於 BOT 概念有清楚之介紹，還指出 BOT 執行成功之條件，除了有助於初期國人對於 BOT 的認知外，並可以作為日後我國政府在推行重大公共建設時之理論參考。如回顧這段期間內我國有關公私協力的研究文獻發現，該階段以「公私協力」為題的研究其實非常有限，……」。不同於一般學位論文多僅將文獻予以製表羅列，或是簡單陳述每篇摘要，而缺乏研究者自身的評述或見解，以上種種評述，皆意味該作者對本身研究領域的熟悉與瞭解，才能做出評論。換言之，為何要介紹此篇文獻？其有何意義與價值？若缺乏研究者的分析與說明，那麼文獻回顧就僅流於形式而缺乏實質的意義。

範例 5

雖然公私協力是目前研究與實務的顯學，且近年來國內公私協力的相關研究也不少，但若摒除民營化，單純以委託外包、BOT、政府與非營利組織互動作為公私協力的觀察對象，則相較於其他研究議題，公私協力的研究無論在質或量上都仍然有相當的發展空間。

大抵而言，我國公私協力的相關研究約始於九〇年

代中期，但多數公私協力的探討則集中於二〇〇〇年以後。在此之前，公私協力的相關論述都僅止於理論的概略性初探，鮮少有較深入的探討或實務分析。在本小節中，作者以二〇〇〇年作為公私協力研究的分水嶺，嘗試整理不同時期公私協力較具代表性之論述如下：

一、二〇〇〇年以前公私協力的研究概況

如前所述，九〇年代中期我國有關公私協力的研究屬於正在萌芽的發展階段。在這段期間內，較完整的公私協力論述應以吳英明（1996）所著之《公私部門協力關係之研究：兼論公私部門聯合開發與都市發展》最具代表性，內容之論述也較為深入。該書不但整理公私協力之相關理論基礎，以及推動公私協力關係之作法，並藉由德爾菲法對於政府官員和企業負責人進行問卷調查，以深入瞭解在協力關係中公私部門兩造的認知、態度與行為。該研究結果發現，隨著政治、經濟、社會的多元化和政府角色的變遷，公部門勢必從傳統權威分配性角色調整為開放組織，並和私部門攜手合作之角色。另一方面，公部門已認知私部門的參與將有助於提升公部門的形象和行政效率，而私部門也認為公部門應建立革新的公信力，才能有助於公私部門協力關係的建立。同時，公私部門皆認為協力關係的建立將有助於縮小兩部門間的公共事務認知差距。所以，該研究最後提出如下之建議：「若要實現公私部門協力關係，不能只停留在理念的階段，需採取適當的互動行為，集合公私部門

與大眾之力，共同訂定推動協力關係的相關法規，以確保公私部門協力關係的制度化與合法性地位」（吳英明，1996：200）。只不過由於我國協力相關法制遲遲未能制訂完備，連帶影響後續研究之進行。

另外，也有以探討協力方式為主題之研究，如吳英明（1998）的〈公共管理的三P原則——以BOT為例〉，或是劉憶如、王文宇和黃玉霖合著的《BOT三贏策略》，都是該時期少數對於協力的方式，也就是BOT有較深度介紹與討論之研究。在吳英明的論文中提到，成功的公共管理需要消弭政府與民眾兩者間的差距，而遂行之方式就須仰賴活化參與、運用民營化及營造協力關係，而這三種公共管理基本行動原則乃是社會整體資源極大化的使用。該文透過我國的高鐵個案來分析公私協力的作法與成效，最後指出，「……重大公共建設開放民間投資，前提是須有利可圖，方能吸引民間投資者參與，故『有利可圖』即是鼓勵民間投資參與之基本條件……」（吳英明，1998：626）。至於劉憶如等的著作則詳述BOT的概念、執行程序、契約精神、風險與財務規劃等，可以說是國內早期少數對於BOT一詞有詳細且完整整理介紹之論述，有助於讀者描繪出BOT之概貌。該研究指出，BOT最重要的精神在於，若真的能好好執行此制度，其實能把內控精神發揮出來。而政府與民間之間風險明確的分配則是BOT成功之關鍵（劉憶如等，1998：41-42）。作者認為，以上兩篇研究不但對於BOT

概念有清楚之介紹，還指出BOT執行成功之條件，除了有助於初期國人對於BOT的認知外，並可以作為日後我國政府在推行重大公共建設時之理論參考。

如回顧這段期間內我國有關公私協力的研究文獻發現，該階段以「公私協力」為題的研究其實非常有限，但或許受到高鐵興建的影響，從法制面（劉紹樑，1998；辛其亮、楊忠哲，1999a、1999b）、管理面（廖志德，1997；范鮫、黃馥萍，1998）來探討BOT的論文則相對較為豐富。多數的研究傾向從實務面來探討BOT或公私協力運作，且研究者也多以法律學界或實務界人士為主，公共行政領域對此議題的討論與關心明顯較為缺乏。

二、二〇〇〇年以後公私協力的研究進展

二〇〇〇年以後，有關公私協力的探討逐漸增多。如根據協力的方式與對象來作為分類的基礎，則二〇〇〇年以後的相關研究約可以整理歸納如下：

（一）以民間企業作為協力對象之研究

如檢閱公私協力相關文獻發現，這段時期內以民間企業作為協力對象而採用的協力方式，大約可以分為BOT、公設民營或委託外包三類。以BOT而言，多數的研究論述BOT的法制化（陳明燦、張蔚宏，2005；鄭錫鍇，2008；沈妍伶，2008），或是探討政府在BOT中所扮演的角色（黃國立，2001；包國祥，2003a、2003b），僅有少數研究是以個案為例，來檢視政府推行BOT的成

效（陳世恩、林清松，2009），或是探討國外 BOT 的法制對我國產生之啟示（林愍茨，2008；陳愛娥，2009）。雖然這時期 BOT 的研究議題較為多樣，但無論是個案研究或是國外法制的探討，都僅止於實務性的概略論述，缺乏理論基礎與深入分析，對於透過個案或國外經驗可以提供我國的參考面向並未有詳細的說明，因此在提供我國公私協力的制度建立與發展經驗上仍有相當的限制。

另外，公設民營的探討多數集中在社會福利領域，如沈明彥（2005）以嘉義家庭扶助中心為例，探討公設民營對非營利組織的影響與因應之道；江亮演、應福國（2005）討論社會福利與公設民營化制度；以及劉華美（2005）從公私協力之行政來討論老人服務民營化之作法等等。至於委託外包的研究則以政府業務委外的理論、作法與經驗為主要的論述重點，如李宗勳、范祥偉（2000、2001）整理介紹簽約外包的理論與經營策略，或是從「總量管制」探討政府業務委外經營的理論與作法；莫永榮（2004）整理政府服務委託外包的相關理論，進而分析台灣在推動委外業務的成效與面臨之困境；李宗勳（2004）論述公私協力與委外的效應與價值，並提出委外建議；葉金鈺、隗振瑜（2005）的研究則是探討公立博物館委託經營管理效益等等。僅有少數研究是介紹國外的委外經驗，如李宗勳（2006）從協力夥伴的觀點來探討歐美委外治理模式的機會與挑戰等。

綜上所述得知，二○○○年以後國內有關公私協力的研究已經跳脫出抽象的概念介紹或理論之整理，逐漸和實務相結合，試圖運用公私協力的觀點來深入觀察和分析相關領域的作法與成效。整體而言，這段時期公私協力的研究雖然較為成熟，所累積的相關文獻也可算是豐富，但有關促進公私協力關係發展的論述以及國外實務經驗的介紹或討論仍較為不足，不但影響我國資源整合管道之建立，也限制了我國公私協力關係之發展與制度的建置。

（二）以非營利或非政府組織作為協力對象之研究

（以下省略）

資料來源：林淑馨，2010：6-9。

三、根據研究主題來分類

在進行文獻回顧時除了可以根據「研究途徑」、「年代、時間」作為切割外，還可以根據主題來進行整理。例如王健銘在《我國環保類非營利組織的行銷策略之研究》論文中，對於「非營利組織行銷策略」所採用的文獻回顧方式，則是以「研究主題」作為整理分類的依據。

一、行銷策略相關研究

在國內探討關於行銷策略研究的相關文獻中，亦論及臺灣近來資源競爭越加困難，使得行銷知識對於非營利組織越顯重要，而有效的行銷策略將使非營利組織更能在激烈的競爭環境中生存，因此在相關文獻中包括陳明照（1998）、樓永堅（1999）、陳定銘（2003）、梁斐文（2005）與王明鳳（2006）等，多有討論到市場區隔的重要性、行銷組合的運用等，在非營利組織在運用行銷策略時需要重視的相關概念，而以下筆者針對上述五篇文獻，詳述其中內容並歸納出對於本研究較為重要的相關概念。首先，陳定銘（2003）指出非營利組織應該做好市場區隔、清楚界定目標市場、瞭解顧客需求、透過行銷組合，有效滿足顧客需求、增進顧客參與度。因此，在行銷的過程中，非營利組織如要生存，提供的產品就必須讓民眾產生興趣，而瞭解非營利組織成員與顧客的願望與需求，行銷計劃才有其效果。如此可知行銷的過程中，組織必須能瞭解與滿足顧客的需求，如此組織的行銷計畫方能事半功倍

（部分省略）

二、網路行銷相關研究

韓意勤（2001）指出網際網路除了可以用來募款與招募志工，更可以達成非營利組織行銷其理念的目的，

以電子佈告欄、電子郵件、討論室或電子報等方式來與既有和潛在的支持群眾互動，以形成一個具有高度凝聚力的網路社群。而陳政智、林于雯、黃千育（2006）在其研究中指出非營利組織行銷方式的種類繁多，但是不論使用哪種方法，都是向目標對象提出說明與說服的過程，以不同的訴求提供不同的資訊，以獲取對方的認同。研究結果亦顯示網路行銷可以提供一個平台，直接與組織互動，或是透過網路完成所需的交易，更可藉由網路參與組織，增進對組織的歸屬感，也因網路行銷具有即時性、互動性、跨時間與空間、明顯市場區隔的特性，可節省成本發揮傳統行銷所無法發揮的部分，更有助於民眾捐款。在成本方面林豐智（2003）即指出網路行銷雖然無法完全取代傳統行銷的功能，但其低成本的特性，使之成為非營利組織在執行行銷策略不可或缺的工具。不過，目前積極參與非營利組織網路社群的人數還是少數，有時利用傳媒效果可能更好，然而隨著網路人口的增加，此一趨勢對於網路進行行銷將會有很大的助益。

在經過上述的討論後，網際網路乃是新興的行銷管道，因其所需投資的成本較低，對於資源不足的非營利組織而言，網路行銷日益受到重視。但是，在學者陳政智的研究中指出，多數的非營利組織捐款者介於 30 至 50 歲的女性，對於網路的使用與年輕族群比較相對而言比例較低（陳政智，2006：108），故筆者認為雖然網路此一新興媒介，對非營利組織而言具有便利及較為成本低廉的特性，無論在理念傳播或資源募集，其無遠弗屆的方便程度，皆可增加社會大眾在瞭解理念與資源挹注上的意願；但是依據學者陳政智所述，目前臺灣使用網路者與實際贊助者間有所差異，因此非營利組織較難以僅透過網路行銷的方式，來推銷組織的理念，有必要與傳統的行銷策略做一結合同時使用。

三、善因行銷相關研究

善因行銷是當企業在促銷其產品時，同時可使非營利組織獲得知名度與收入，故善因行銷可建立企業與非營利組織雙贏的關係。也因此在近年來景氣不佳的影響下，與企業合作的善因行銷漸受非營利組織的重視，以開拓新的資源來源。Basil 等（2008）從非營利組織的經驗，檢視善因行銷對非營利組織的影響，以量化研究法調查美國 154 家非營利組織的管理者對於善因行銷的直接經驗。研究指出，對非營利組織而言善因行銷是有助益的，基本上成果是大致能夠符合組織所預期的，故可將善因行銷視為對非營利組織有效的行銷手段，能夠實現組織的部分效益，如立即的財務支持與發展長期關係等具體目標。而在國內的研究上，鄭怡世（2000）指出企業會因屬性、規模、文化、策略上的差異，而具不同的公益贊助理念、動機、評估準則與決策模式。故非營利組織若要與之合作，則須先瞭解合作企業的公益贊助理念、動機、評估準則及決策模式，才能針對彼此的需求設計出雙贏的合作策略，而受限於非營利組織資源的不足，無法進行大規模的媒體宣傳，故可藉由善因行銷的運用，以彌補非營利組織較為薄弱的廣告能力。

綜上所述，非營利組織基於本身資源較為不足，無法運用大量的廣告，來增加組織的曝光率，故可藉由善因行銷的運用，在確認企業贊助理念與動機，以及該企業的屬性後，與企業共同行銷所關注的議題。在此過程中非營利組織可藉由企業的資源與通路，彌補組織資源的缺乏，以達成組織的宗旨與目標，而企業更可在此過程中提升組織的形象，進而達成雙贏的局面。

四、體驗行銷相關研究

（以下省略）

資料來源：王健銘，2011：14-18。

若是以研究主題來作為文獻回顧的整理依據時，建議採用第 2 章在研究背景時提過的**「倒三角型」論述模式，先整理主題較大者，再逐次縮小主題至與本文最接近之核心文獻，透過核心文獻的評述與獲得的啟示，則很容易凸顯本論文的研究價值**，而無須贅述。以範例 5 的論文為例，論文主題是「我國環保類非營利組織行銷之研究」，故該作者先從範圍最廣的「行銷策略相關研究」整理起，其次再進入到「網路行銷」、「善因行銷」、「體驗行銷」等相關研究的整理，除了列舉與該研究主題相關的研究外，還**分析所列舉的每篇文獻之研究成果或**

限制。事實上，目前很多學生在進行文獻回顧時是相當缺乏「分析性」的，因為不知如何分析，也不敢分析，所以文獻回顧就成為摘要的整理或研究方法的整理，這些都顯示出研究者本身對主題掌握不完全的缺陷。

4-4

撰寫文獻探討應注意的事項

文獻探討看似簡單，只不過是資料的整理，但事實上稍有不慎，文獻探討很容易就淪為眾多資料的堆砌，看不出其價值，甚至被指稱是抄襲。故研究者如欲提升論文的「品質」，就需審慎注意文獻探討的「細節」。以下乃是作者根據指導學生論文經驗，所整理的幾點應注意事項：

一、文獻探討需配合研究目的

多數初學者在進行文獻探討時，或許因不清楚文獻探討的目的，而容易放入大量不相關或不重要的文獻，不僅造成本身整理資料的困擾，也令讀者感到疑惑，不知作者納入這些文獻資料的意義究竟為何？因此，為了避免此種情況的發生，建議初學者在進行文獻探討時需配合研究主題與目的，透過有層次的文獻整理，逐步限縮內容而歸結出研究架構，才能減少整理與論述失焦的情形。

二、避免教科書式的理論整理，需注意與研究主題的連結

研究論文都需要理論基礎，若缺乏此要件，僅能算是技術報告，故研究論文都會被要求整理相關理論。然而，若翻閱碩

士論文發現，多數的學生在整理相關理論時，要不流於現況介紹，都是採教科書式的寫法，從代表人物、興起背景、理論基礎、過程和影響逐一介紹，卻未思考提及這些內容的意義，以及和本研究的關連性。如作者指導的研究生有許多是以非營利組織為題進行研究，但是否所有研究的文獻探討，都需從非營利組織「興起背景」和「定義」開始寫起呢？那麼這與非營利組織教科書有何不同？因此，建議初學者應聚焦於論文主題，例如論文若是探討非營利組織的行銷，行銷相關理論僅是簡單介紹就好，而需將討論的重點放在非營利組織為何行銷？營利組織與非營利組織的行銷差異等，甚至若有副標，如以社福型非營利組織為例，則更應將整理的焦點置於社福型非營利組織行銷的探討。換言之，理論的論點需與本研究有關，才能作為後續研究發現，「理論與實務對話」的基礎，而非發散式、毫無目的的理論整理。

三、僅羅列文獻，卻缺乏自身的評述

如前所述，無論是文獻檢閱或是理論整理，最忌諱型錄式羅列出文獻，卻未對其內容進行深入討論或評述。因為文獻探討的目的除了希望顯示研究者對該研究領域主題的熟悉度，以及對相關理論的瞭解程度外，也希望從先行研究中獲得啟示。故若文獻探討中僅是列出他人的觀點，卻未能有「討論」或「批判」，則難以呈現出該研究論文與這些文獻的關連性。試想，如果這些文獻沒有任何缺失或不足，那麼作者為何還需要千辛萬苦寫類似主題的論文呢？應該是他人寫的文獻有部分不完整，所以需要研究者加以「闡述」或「說明」，除凸顯本研究有彌補這些不足的重要性之外，也才能顯現出這兩者間的關連性。但因許多初學者常會忽視這部分，造成文獻探討經常出現只有文獻「堆砌」而無「探討」的缺陷。

四、注意參考文獻的引用格式

參考文獻的引用一般可分為「文獻引用」和「文意引用」，學生多半無法清楚區別，導致在使用時產生混淆。所謂「文獻引用」又稱為「直接引用」，是指將他人的文獻一字不漏的引用在文獻中。嚴格來說，這種引述需要將引用文字置於單引號的「 」內，以不超過 40 個字為上限。使用的時機多半在於法條或重要定義、概念的引用，目的是藉由「原文」呈現出該法條或定義的原始意涵，除可以避免讀者誤解，同時也有權威性（某學者所言），如範例 7 所示。然而，「文獻引用」的篇幅不宜過多，否則容易引起抄襲之疑。

範例 7

《郵政法》第六條規定：「除郵政公司及受其委託者外，無論何人，不得以遞送信函、明信片或其他具有通信性質之文件為營業。運送機關或運送業者，除附送與貨運有關之通知外，不得為前項郵件之遞送。」〔**直接引用**〕

至於「文意引用」也可稱為「間接引用」，是指在不失作者的原意下，以改寫的方式，將他人的文句或概念間接援引到自己的文章中，亦即「文意的援引」，這時需註明改寫內文的出處，如範例 8 所示。「文意引用」因有改寫，較不會出現抄襲之嫌，惟初學者在改寫時，務必再三確認所改寫的內文是否有扭曲或誤解原始文獻的內容。

範例 8

陳德禹（1999：52-53）認為，組織結構乃指組織的架構，其主要是由複雜性、正式性、集權化三者所構成；組織中分工越細，上下層級越多，則複雜程度越高，協調也越困難。〔間接引用〕

・參考文獻・

W. Lawrence Neuman 著，朱柔若譯， 2000，《社會科學研究方法：質化與量化取向》，台北：揚智。

王健銘，2011，《我國環保類非營利組織行銷策略之研究》，東海大學行政管理暨政策研究所碩士論文。

丘昌泰，1995，《剖析我國公害糾紛》，台北：淑馨。

林淑馨，2001，〈民營化政策的公共性與企業性：以日本為例〉，《行政暨政策學報》，33：149-172。

林淑馨，2010，《日本型公私協力：理論與實務》，台北：巨流。

陳宇宬，2011，《非營利組織資訊公開理論初探與現況之分析——以社福類非營利組織為例》，東海大學行政管理暨政策研究所碩士論文。

席汝楫，1999，《社會與行為科學研究方法》，台北：五南。

Chapter 5 理論與研究架構

在這段指導學生寫論文的過程中，我發現一個有趣的現象：那就是一般學生只要能撐過理論整理與建構這章，那麼論文的完成應該「指日可待」。因為根據經驗顯示，大部分的學生都是在「理論」這章下「陣亡」的。所以，「理論」對學生而言，有如「魔咒」般，很多學生常弄不清理論所扮演的角色功能，不懂為什麼寫論文一定要有理論？好像是因為大家的論文都有一章理論整理，所以自己也不得不寫，於是就衍生出學生間流行的「找個理論套進去」的奇怪說法。也因此，在未充份瞭解整理理論的「原因」與「目的」的情況下，即便花費龐大的心血，也難以有具體之成效。那麼，究竟什麼是「理論」？其所代表的意義與功能為何？理論和研究間又有何關係？這些乃是在本章中作者所欲探討的。

5-1

何謂理論

究竟何謂「理論」（theory）？相信這個名詞應曾使許多入門進行研究的初學者深感困惑。甚至是經驗豐富的研究者而言，都難以用三言兩語將「理論」一詞予以清楚說明。也因此，「理論」的觀念常被誤解，一般人更是聽到「理論」兩字，即聯想到「空想」或「不切實際」。然在科學領域中，「理論」一詞卻有其嚴肅的涵意。科學理論同時具有邏輯的與實證的兩種成分，因而可說是一種具有實證意涵的邏輯結構。科學理論既然重實際和邏輯，自然不能稱之為空想，但卻也不是「絕對的真理」。**理論是暫時性的，經由繼續不斷的實證性研究，理論的各層假說或定律乃可受到直接或間接的驗證，然後再根據驗證的結果，保留或修改理論中的有關假說或定律，以使其更為精確**。科學理論永遠是在改變的，它只能逐漸逼近目標，而不能說已經達到目標，因此，科學理論永遠只能代表相對的真理，而不能代表絕對的真理（楊國樞等著，1980：28）。

相關文獻指出，理論在研究中扮演重要的角色，亦即是研究者的盟友。研究者在不同類型的研究中，可以運用不同的理論有系統地檢視其所得的資料（W. Lawrence Neuman 著，朱柔若譯，2000：73-74）。所以理論是可以用來解釋社會生活中某個面向的系統化表述，也可以被驗證與精確化。**理論呈現出真實感，提供觀察研究時的一個切入點，並幫助觀察者瞭解社會**。從傳統的意義上來看，「理論」被認為是「為了解釋和預測現象，確定變量之間的關係，用系統的觀點將相互關連的概念、定義和命題組織在一起的總和」（陳向明，2002：432）。嚴格來說，幾乎所有的研究都應含有理論，所以對於初學的研究者而言，問題不在「該不該使用理論」，而是「如何運用理論」。換言之，明確使用理論會使讀者在閱讀他人的研究或執行自己研究時來得較為輕鬆（W. Lawrence Neuman 著，朱柔若譯，2000：75），而透過理論對於某種現象所提出的解釋，將會指出此種現象的所有重要特性，以及其與其他現象的所有關係（Thomas Herzog，朱柔若譯，2000：9）。

由以上所述得知，理論是暫時性而非永久不變的，經由繼續不斷的實證性研究，可以修改理論中有關的假說或定律。透過理論，研究者可以有系統的檢視所得到的資料，並用於解釋和預測有關的社會運作說明。

5-2

理論的功能

在社會科學研究中，建構理論具有下列幾項功能，茲整理分述如下（楊國樞等，1993：31-34；陳向明，2002：438-439）：

一、概括與統合現有知識

理論具有一定的概括性，一方面可以為那些範圍較狹窄的個案提供相對寬闊的視野和應用範圍，另一方面可以連結思想與個別經驗性信息，整合成一個相對完整的思想體系。也因之，**當某領域的研究成果累積到相當程度時，就會有人致力於理論的建構，以便有效地統合既有的研究發現**。所以，理論可以統合有關課題的現有知識，使其簡約化、系統化與貫通化，以發揮執簡馭繁的作用。

二、解釋既有現象並賦予事實意義

科學的主要目的之一在於解釋，而事象一經解釋後便會產生瞭解。申言之，在科學中，只要是已經存在的事象或關係能從某一理論循邏輯程序推論而得，則此一事象或關係便算是獲得了解釋。所以，理論是解釋的主要工具。

另一方面，理論可以賦予事實意義，將事實置於恰當的分析角度之中，從某種意義來說，**研究者觀察到的經驗性事實通**

常沒有自己的意義，唯有透過研究者對其進行理論分析之後才會產生意義。而這些透過理論分析而產生的意義，可以加深人們對這些事實的認識。所以，理論通常具有一定的抽象性與概括性，可從經驗中提升出概念與命題，幫助人們聯繫並整合經驗世界與理性世界。

三、預測未來與導引研究

理論除了可以推論已知的事象或關係外，還可以推知未知的事象或關係，亦即理論還具有預測功能。當研究者從事預測時，所根據的理論即受到考驗，倘若預測獲得證實，其所根據的理論也進而獲得證實。此外，研究早期所獲致的初步結論可以為後期研究導引方向。由於研究是一概念和經驗事實互動的過程，透過對早期資料理論的分析，可以指導研究者使用更加適合的方法，來進行後續的研究。也因此，**依據由理論所導引出來的假設，因以理論所代表的知識為背景，非憑空想像所得，不但其研究結果較有深度，也能提高其所代表之意義**。

四、檢討與過去研究之差異

理論可以協助研究者鑑別研究中存在的空白、弱點和自相矛盾之處，將一些學術界以前沒有注意到或注意不當的問題挑選出來，重新進行探討。換言之，**研究者可以藉由理論來行使證偽的權利，透過尋找反例來批判那些不盡完善的觀點。倘若研究者最後能經由研究而建構出較先前研究更加完善之理論，則對於該研究領域而言將可說是重要的貢獻**。

五、普遍性功能

從「實際」的角度來看，**理論因具有普遍性，可將研究者之研究成果與前人的研究成果相互連結，並賦予既有的研究以一定的標記**，不但使其研究成果較容易被有關的學術社群所接受，同時也使具有共同興趣的同好透過對理論的體認，而注意到該研究成果，並以此作為討論問題的起點。

小叮嚀 整理理論應注意的事項

經常在閱讀學生所寫的論文時發現，在理論部分，學生容易以「非常大」、「非常抽象」的理論作為基礎進行整理。其實，與其說是整理，不如說是「抄」。反正不管三七二十一，自己懂不懂，就是將別人論文或教科書上所提到的相關理論全部放進自己的論文中，好像篇幅越多，越顯示自己論文是專業的、有份量的，卻不知放了這麼多理論，究竟要做什麼？有哪些功用？

以作者的研究主題——「非營利組織與政府協力」為例，常見學生在進行理論整理時，先是把市場失靈、政府失靈，甚至是資源依賴等理論全部放進，接著又把公私協力、互動理論等也逐一放入，但市場失靈和政府失靈的概念都很大、很抽象，多數學生恐怕不知道寫這個的目的為何？放了一堆國內外學者所提的互動理論、協力理論又究竟為何？因而在此提醒讀者，論文中所整理或介紹的理論，基本上是用來作為後續研究架構的基礎，也就是藉由整理學者專家所提出的理論，透過抽絲剝繭的過程，思考哪些要素可運用在自己論文的實證分析中。故即使是抽象的理論，最後都要能操作化，成為研究架構的一部分，同時用來作為實證分析的基礎。若無法達成此目的，理論的整理顯然就是做白工。

5-3

理論的構成

一、概念

概念是經由某個符號或某串文字所表現的想法。通常自然科學概念是透過符號的形式來表達，而社會科學概念則是經由文字的表現，但文字本身也是一種符號的呈現，藉由這些符號人們可以學習語言，彼此互相溝通，此亦表示概念其實早就充斥在你我的日常生活之中，而人們也無時無刻不在使用它們（W. Lawrence Neuman 著，朱柔若譯，2000：78-79）。所以，概念是認識現象的方式，以及對於事物的想法，同時也是領悟現象的一種途徑。此外，概念也可以視為是對於事物的選擇取捨，依照其差異，用精簡的方式加以分類，使其便於運用與思考。因此，**一個概念就是對於觀察的現象予以抽象化後的觀念，或是一類共有現象的名稱**。

雖然概念充滿於日常生活之中，但是許多的概念都只是模糊不清的定義。相同的，置身於文化之中的人們，其本身的價值與經驗可能會對生活中所使用的概念產生限制。一般而言，日常生活的概念大多基植於誤解或迷思之上，而社會科學家經常借用這些生活中的概念，為其修整、增添新的意涵。許多早先由社會科學家所發展出來的概念，因擴展至文化生活之中，而變得較不精確。基本上，研究者界定科學的概念比一般人還要精確，這是因為社會科學理論要求定義完整的概念，以有助於連結理論與研究。

有一些概念是簡單、具體的，可以藉由簡單的、非文字程序來加以定義。但多數社會科學的概念則是複雜、抽象的，這些複雜的概念是建構在其他的概念之上，透過具體的事物現象，經過較高層次的抽象化而加以推演，其意義不容易聯想到特定的事物或個體。有時也將這類高層次的抽象概念稱之為構念（席汝楫，1997：47）。概念因其抽象化的層次而有各種不同的變化，是一個從最具體到最抽象的連續體。所謂具體便是指有形的物體或熟悉的經驗（例如：高度、學校、年齡）。比較抽象的概念則是指那些意涵廣泛、間接的觀念（例如：種族主義、社會控制、政治權力）。社會科學研究者在理論中創造了許多概念，用以作為更貼切地捕捉社會世界的方法（W. Lawrence Neuman 著，朱柔若譯，2000：80-81）。

有關概念的抽象層次可以參考如圖 5-1 所示。概念都是經由概括和抽象化而得到的，但是各種概念的抽象化程度是不同的，社會研究中所運用的許多概念是一種綜合的概念，如角色、社會地位等，是由一些低層次的概念所構成。綜合概念的抽象化程度倘若較高，所包含的訊息較多，概括性也較強，但卻很難在經驗研究中運用。相反地，抽象化程度低的概念比較容易觀測和操作，但它們所包含的訊息量則較少（袁方主編，2002：70）。

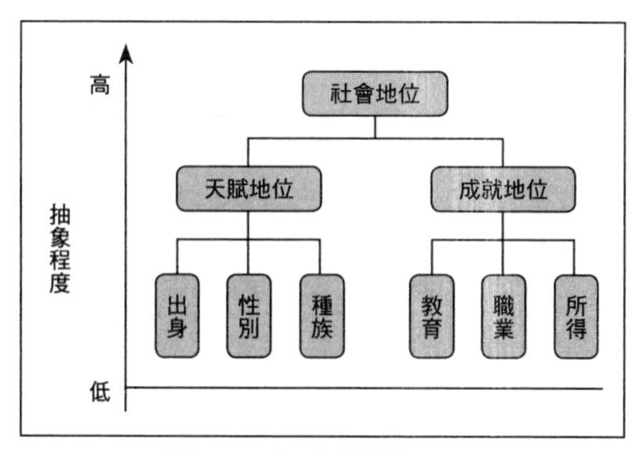

圖 5-1　概念的抽象層次

資料來源：袁方主編，2002：70。

概念常常來自於個人的經驗與觀察，任何一個人都會從類似的事物中歸納出一些獨立之共同屬性。這種從類似個體中所抽離而出之共同屬性的活動，稱為抽象化歷程，透過此種歷程所獲得的共同屬性，即為概念。一般而言，概念的來源有四：一是「來自想像」，經過觀察，對於沒有名稱的事項給予一定名稱，是新的名詞而迄今未用過的；二是「對社會現象之實際觀察」，亦指經驗中已有的概念，例如社會組織一詞；三是「依據習慣」，沿用習用之名詞，如社群、社區等；四是「由其他概念構成之概念」，如社經地位。研究者很少單獨只用一個概念，通常是概念形成相互關連的群體，或稱之為概念叢。也因之，「概念叢」是指在理論中形成一群有關連的概念，前後一致、相互增強，共同形成一張意義之網（W. Lawrence Neuman 著，朱柔若譯，2000：80-82）。

二、定義

（一）何謂定義

概念操作化的目的是要將抽象的概念具體表達，以方便研究者後續的測量，而概念若要發揮學術上的溝通、感應經驗、加以組織並通則化以及理論建構等多項功能，就必須加以明確定義，用以確保本身是清楚的、準確且一致的，否則便無法有效扮演溝通的工具。一般而言，日常生活中的語言是模糊、不精確的，很多詞語在不同的情境脈絡下，可能指涉不同的事物，甚至對不同的人來說，也會有不一樣的解讀。在這樣的情況，對於日常生活中的溝通，或許不會造成太大的影響，但對於要求精確的科學研究來說，清楚與精確的詞彙是必要的，因唯有如此才能正確地反應研究主題的特徵。縱使有許多概念已被研究者發明、使用、改善與丟棄，但許多概念仍舊含混不清且不一致。為了能夠有效區別概念之間的差異，以及達成研究之所需，研究者有義務將研究中的概念詳加定義闡明。因此，概念操作化的第一步，就是要求概念有明確的定義，才能反應概念所指涉的現象或是行為的真實意義（Chava Frankfort Nachmias & David Nachmias 著，潘明宏，陳志瑋譯，2001：37-38；羅清俊，2007：44-45）。

（二）概念型定義與操作型定義

為了使概念的使用達到清楚精確，學者採用下述兩種主要類型的定義：概念型定義與操作型定義（Chava Frankfort

Nachmias & David Nachmias 著，潘明宏，陳志瑋譯，2001：38-40），試整理說明如下：

1. 概念型定義（conceptual definitions）

日常生活中的觀察，其現象的定義在每個人心中的定義並不相同也不夠精確，如要作為科學之用必須要加以清楚界定，才能反映所指涉行為與現象的真實意涵，因此透過使用其他的概念來描繪某一個概念，使其明確界定意義的過程，就是所謂的概念型定義。

2. 操作型定義（operational definitions）

提供研究者一組描述活動的程序，讓研究者用來執行建立由概念所描述的現象及經驗上的存在性或其存在的程度，通常此概念所表示的經驗或事件，難以直接觀察得到。概念型定義是將概念與理論做一連結，但因不夠具體，所以需透過一程序將概念型定義轉換成可以觀察與測量的層次，因此，操作型定義也可以說是一種測量的工具。

通常由概念所代表的經驗屬性或事件，無法直接觀察到，操作型定義提供研究者一組描述如何定義概念的程序，讓研究者用來區辨並操作概念所描述的現象，以及說明那些現象在經驗上的存在性或其存在的程度。藉由測量程序的設計，使概念的意義更為具體，並提供科學應用的準則經驗。舉例而言，假設有一個研究，主要是探討有關雨勢與發生土石流的相關性，而大雨為導致土石流發生的重要因素。但是對一般人而言，「大雨」所代表的僅是雨下得很急，且每個人的感受與經驗不同，對於研究中所指稱的「大雨」，其精確的定義為何，可能因人而異。然而，對於科學研究來說，概念必須是明確且精準，才能夠發揮溝通與檢證的功效，因此必須針對「大雨」一詞予以操作化，使其能夠被明確的定義與測量，並探知其程度為何。這時或許可參考中央氣象局所制訂的標準，將「大雨」定義為：「是指二十四小時累積雨量達五十毫米以上，且其中至少有一小時雨量達十五毫米以上之降雨現象」，並以此作為測量之標準，此即可視為是該研究中所採用的有關「大雨」之操作型定義。

另外以作者長期以來所進行的民營化研究為例，有關「民營化」一詞各國的定義不同，每個學者的判定標準也不一，有的認為要國營事業股權百分之百釋出才算是民營化（如英國），也有認為只要官股降到百分之五十以下，即可算是民營化（如我國），但也有認為只要經營權移轉民間，就算是民營化（如日本）。如此一來，同樣「民營化」一詞，很可能因為各自「定義」不同，而發生「各說各話」的情形。所以，在寫作論文時，無法僅憑模糊或一般性概念進行討論，需根據己身論文內容而給予明確之定義。

但問題是，你我都是剛踏入該領域的初學者，有何能力又該以什麼為基準而賦予合適的定義呢？如範例 1 所示，若欲從學理來賦予日本型民營化的操作型定義，需先整理在該領域中較具代表性的相關論述，如加藤寬、松原聰、今村都南雄等人對日本民營化的看法，最後才能以此為基礎自行定義出適合該論文的定義。如此的定義，基本上都是「獨一無二」，這是因為每個人的認知與整理過程都不一樣所致。

一、從學理來探討日本型民營化的概念

在日本，提到民營化，一般多會聯想到國鐵、電信公社、煙酒專賣三公社的民營化。若從第二臨調第四部會報告（昭和 57 年 / 1982 年 5 月）和基本答詢（昭和 57 年 / 1982 年 7 月）來分析日本型民營化的概念可以發現：日本實施民營化的特徵是將公營事業（公社）的經營型態改為「特殊公司」，以及事業的「分割」。關於日本民營化的定義，一般認為則是以第二臨調第四部會會長加藤寬所提出的「民營化意味著將所有權和經營權兩者轉移給民間」最具代表性（玉村博已編，1993）。由此看來，似乎可以嘗試從經營型態的改變和所有權的移轉來補捉日本型民營化的意義。另外，藉由下列幾位著名學者的論述，得以深入瞭解日本型民營化的概念。

首先，東洋大學教授松原聰指出：「所謂日本的民營化，意味國鐵或電信公社等三公社的民營，係指其經營型態較公營事業更接進民間企業」（松原聰，1991）。因此，松原聰將公社（公營事業）的民營化定義成「經營型態的民營化」及「股權出售」（所有權變更）。換言之，松原聰也是從經營型態和所有權的變更來補捉日本型民營化的意涵。

至於經營型態變更的內容，松原聰有進一步解釋。他認為：不論是公營事業或民間企業，其所必需接受政府管制的原則是不會改變的。但不同於一般民間企業的是，公營事業因受到特別法的規範，在人事、預算方面需受到特別的管制。因此，民營化除了意味著公營事業的經營型態「由公轉私」之外，尚包含解除公營事業在人事或預算方面的管制。所以，經營型態變更的內容也可以視為是在人事或預算方面的「解除管制」（松原聰，1991）。

而著名的行政學學者今村都南雄則視股份公司化為經營型態變更的內容。今村都南雄強調：民營化意味著「公營事業的經營型態從公社（公營事業）轉變為股份公司」（今村都南雄，1997）。此外，學者玉村博巳則從所有權轉移來補捉民營化。根據玉村博巳的看法，民營化政策的實施意味著事業的所有權由國家移轉給民間。公營事業經由民營而成為股份公司時，是藉由釋放股權給民間來實現民營化的目的（玉村博巳編，1993）。因而，日本型民營化的方法特徵之一，是「變更公營事業的經營型態為特殊公司」。所以，日本型民營化的概念包含「特殊公司化」這一要素是可以確定的。

綜合以上學者的論述來整理有關日本型民營化的概念可知，基本上可以將「經營型態的改變」和「所有權的移轉」視為是其一般性的定義；其中，經營型態的改變包括股份公司化和解除人事、預算的管制，而所有權的移轉則意味股權的釋出（參考圖一）。

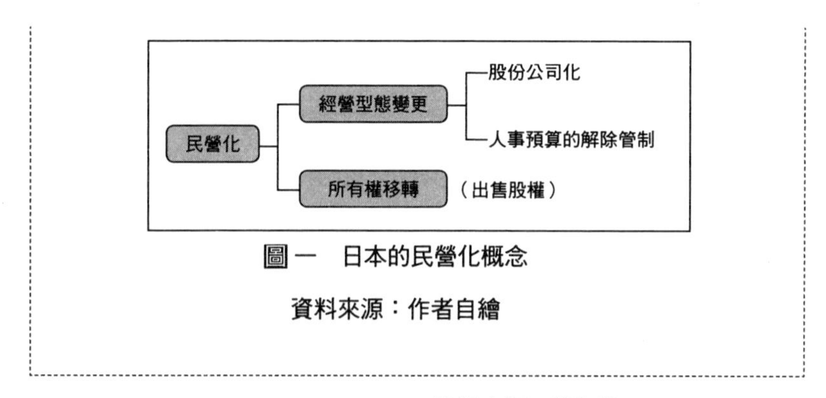

圖一　日本的民營化概念

資料來源：作者自繪

資料來源：林淑馨，2003：35-36。

又如在探討民營化政策中常使用的「公共性」一詞，一般多定義為「追求最大多數人的最大幸福」，此定義雖然淺顯易懂，但過於抽象籠統，在進行實證時，何謂「最大多數人的最大幸福？」是十萬人？還是一百萬人？甚至更多，則難以有一明確共通的認知。因此，為求使「公共性」一詞的表現能更具體，便於解釋與測量，作者將其操作化為「微觀的公共性」和「宏觀的公共性」，而以「公平性」與「安全性」作為「微觀的公共性」的觀察標準，並檢討實施民營化政策與否之時，需考慮到有關公平性的要素：一是不受地理上條件不同的影響，都可以享受普遍性服務；意即為地理上的公平性。另一則是不受經濟條件不同的影響，都可以享受普遍性服務；此即為經濟上的公平性。具體言之，前者意味著在缺乏利潤的地區，服務供給的穩定性和區域間價格的均一性；後者意指低廉的價格水準。基於上述，作者將民營化事業之「微觀的公共性」界定如下：「**使用者不受地理上和經濟上條件的限制，可以普及地享**

受安全性服務」。整體概念如圖 5-2 所示：

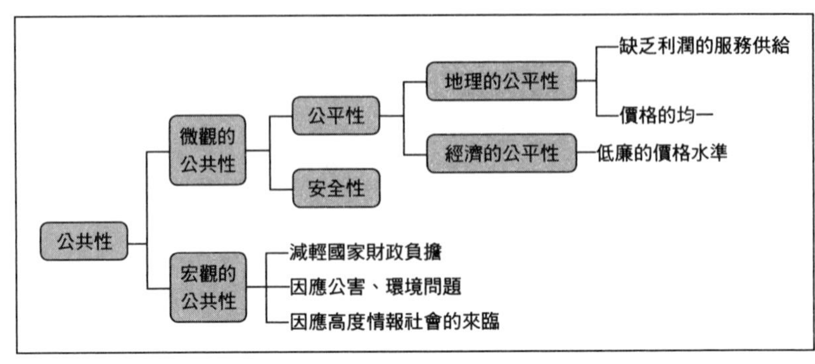

圖 5-2　民營化事業公共性的構成要素

資料來源：林淑馨，2003：49。

綜上所述，當面對一個抽象難明的概念時，研究者會先採取概念型定義，然而概念型定義是運用其它概念來界定研究者所欲知的概念，難免會有所用的解釋依舊過於抽象的問題，因此就有操作型定義的運用，將作為解釋之用的概念操作化，使其能夠觀察與測量。另外，概念型定義與操作型定義彼此應該是一致的，否則所測量出來的數據，無法確實反映實際情況。

5-4

理論與研究的關係

理論和研究是相互關連的。當研究者在從事研究時，若不採用理論或無法明確說出理論，可能會把時間浪費在蒐集無用的資料上，很容易跌入思考模糊、邏輯錯誤與不精確概念的陷阱當中。**理論界定了研究者如何看待和思考某個主題和範圍，給予研究者概念，提供基本假定，引導研究者去關切重要的議題，並且提供瞭解資料意義的方法**。理論能把一個單獨的研究，連結到其他研究者所貢獻的廣大知識庫，也增加了研究者對於資料間相互關連以及更廣意義的體認。舉例而言，**理論幫助研究者看到整片森林，而不是一棵樹。理論並不會永遠保持不變，它是臨時的，開放給大家修正的**。理論在理論家辛勤地進行條理分明、合乎邏輯的思考之下，是會有所進步的，但是這類努力的效果畢竟相當有限。促使理論產生重大進展的方法，是透過與研究發現不斷的互動，方有所成（W. Lawrence Neuman 著，朱柔若譯，2000：110、112）。

理論與研究是一個統一完整的過程，在研究中的所有決策和行為都受到理論的指導，理論與研究的所有部分緊密相連。例如在理論和原始資料間就存在著一個相輔相成的關係，**資料為理論的獲得提供依據，理論賦予資料以意義，使資料具有系統性和深刻性。通過資料和理論之間的相互結合，理論變得更**

加充實，資料所表現的內容也變得更加有條理。理論促進了研究，研究也促進了理論的發展。理論不僅可以作為資料分析的最終結果，且可以對研究者本身及後續的研究提供指導（陳向明，2002：440）。

整體而言，理論與研究可說是相輔相成，理論是研究者對於現實之事實的瞭解與想像。進行研究則是把觀察之事實還原到理論之中。有學者即指出，透過理論可以：（1）提出理論或發現新理論；（2）修正或否定已有之理論；（3）更進一步精鍊理論，使理論更趨明確（席汝楫，1997：38）。換言之，理論可以找到研究的方向，而透過研究可以形成或修改理論。

作者以曾經發表過的一篇論文「民營化與組織變革：日本國鐵的個案分析」（2006）為例來說明理論和研究或實證的關係。在該文中，作者根據研究主題——「民營化與組織變革」，整理民營化的意義、目的與預期成果，以及組織變革原因、意涵與目的，探討民營化與組織變革的關係，同時根據不同的經營主體（公營事業與民間企業）分別從組織結構、組織文化與管理方式來整理出公、私部門的差異，用以作為檢證後續實證的基礎。例如經由參考文獻的整理，作者歸納出公營事業的組織結構特徵為：（1）結構複雜，層級過多；（2）決策過程冗長與文書主義；（3）應變能力不足三項。至於公營事業的組織文化則包含（1）重視社會責任（公益與安全）；（2）不重績效；（3）墨守成規的行事特質；（4）缺乏競爭心態；（5）欠缺以客為尊的觀念；（6）政治力容易介入六項（為節省篇幅，管理方式暫時省略）。之後乃根據上述所提出的三項組織結構、六項組織文化之內容作為檢視民營化後新的組織是否有所變動的基礎。以組織文化而言，民營化後的組織文化是利潤為目的，公益次之、重視績效、勇於創新的行事風格、組織成員競爭心態的強化、顧客導向與以客為尊，以及干預力的降低，故最後得出「民營化帶動組織變革，創造企業型組織文化」的結論。由此可知，理論部分的整理，對於研究而言，其作用有如指引般重要，是息息相關，而非僅是用來「裝飾」。

5-5

研究架構

研究架構對一本論文來說，扮演著重要的角色與功能。一般而言，研究架構通常是放在第二章文獻檢閱和理論整理之後，或是第三章研究方法之初。為什麼會做如是的安排？主要在於研究架構是從前述的理論整理而衍生來的，而不是憑空想像來的。常見學生的論文在尚未進行相關文獻檢閱和理論探討時，就莫名其妙生出一張研究架構圖，問其和理論之間有何關係？通常是支支吾吾說不出所以然來。

如以範例 2 所示為例，其研究架構內容乃是該文作者藉由前述社會資本意涵與功能的探討，以及整理社會資本與政府效能之間的關係，進而得出「社會資本與政府效能之間的關係路徑」圖。雖然社會資本的分析層次可以指涉為個人與個人之間的關係（微觀層次），也可以是社群和社群之間的關係（中觀層次），甚至是國家與國家之間的關係（巨觀層次），但因考量研究所需，亦即中觀層次的社會資本具有潛在的經濟利益，當政府、企業、非營利組織，與非正式組織等社群團體為了公共利益而相互合作時，市場就會自我調控，並產生一種近似「公民風範」的運作模式，故將社會資本修改為中觀的社會資本，意味著以社群團體為分析單位，包含黏著性、架接性。當然這兩項要素——黏著性、架接性，也就成為研究架構中「社會資本內涵的類屬」（詳細內容請參閱該文）。

由此可見，研究架構與理論的關係相當緊密，研究架構是從理論慢慢整理，推演而來。此研究架構因是根據該研究所需而「量身訂做」的，故不可能、也不會與他人的研究架構重複。倘若每位讀者真能理解研究架構所代表的意涵，以及如何得出，那麼先恭喜你，因為你的論文完成進度可能向前邁進一大步了。

範例 2

本研究以圖五所示中觀層次之社會資本與政府效能間的關係路徑為基礎，形成研究架構（請參考圖六）。中觀層次社會資本的分析單位是社群團體，所以在訪談方法的設計上，受訪者被要求必須以所屬社群團體的立場作答，由於本研究的訪談機構，除了兩個公部門之外，其餘都是成員自願參與的營利或非營利組織，因此我們假設，凡無法認同組織運作宗旨者會選擇離開組織，換言之，本研究假設若受訪者以機構的立場來回答問題，就是基於所有成員的集體意識來回答問題。至於訪談結果的分析，則著重於受訪機構本身，以及機構與機構之間所延展形成的社會資本。此外並透過瞭解公、私部門之間的互動，分析受訪機構是否幫助推動政府的重建計畫，觀察受訪機構是否在社群團體間所建構出的社會資本之下，因著社會責任感的激勵，以及理性的計算，而幫助政府推行禍地重建政策。

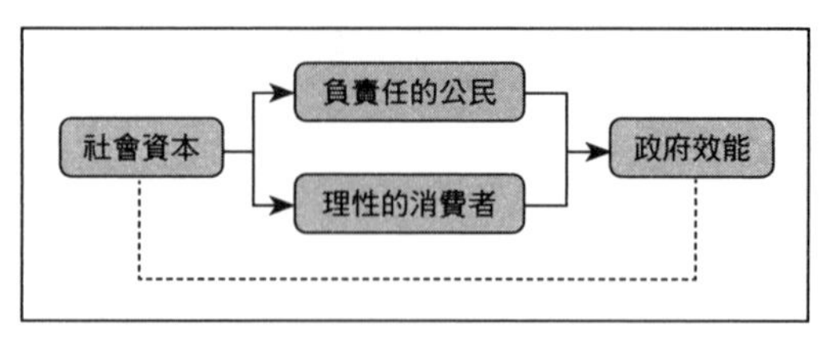

圖四　社會資本與政府效能之間的關係路徑

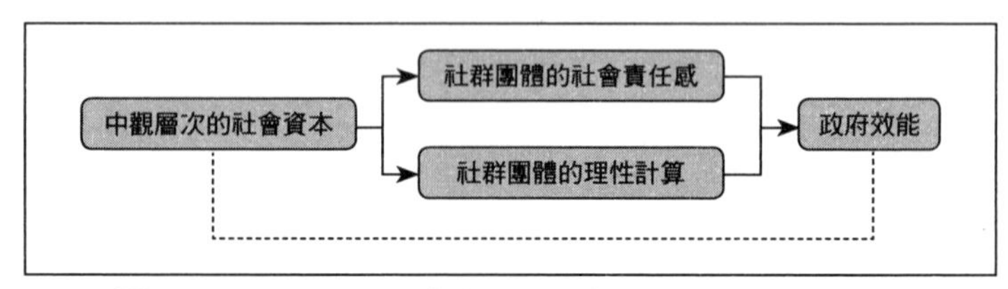

圖五　中觀層次的社會資本與政府效能之間的關係路徑

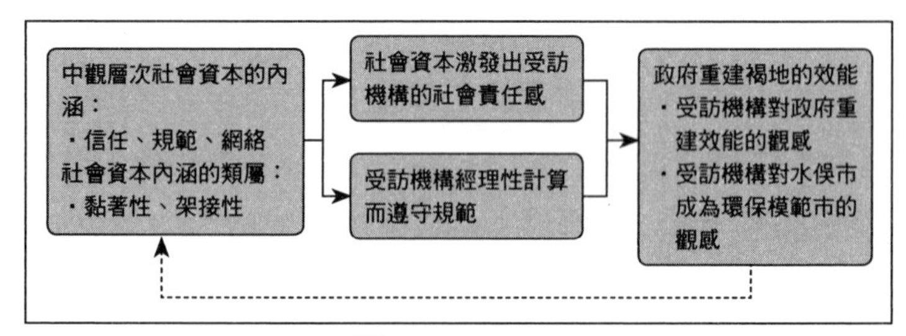

圖六　研究架構

資料來源：李翠萍，2011：107。

社會資本的內涵，將從三個面向來觀察，分別是信任、規範與網絡。以下分別說明此三要項的內容。

1. 信任：交易或合作的一方在網絡中進行任何交換互動時，對於另一方的行為懷有正面的期待，並確信此期待將會達成。信任因著不同的產生基礎而分為主觀信任與客觀信任，前者比較傾向潛意識與情緒性，信任是基於情感而產生，後者則比較傾向理性選擇，信任是基於制度或規範而產生。

2. 規範：規範存在於制度當中，是一種約束的力量，能夠多少使個人放棄自我的利益，以成就群體的利益。因著規範的存在，行動者較能夠預期其他行動者的可能行為，約束投機，減少互動中的不確定因素，以降低交易成本。

3. 網絡：人與人之間，組織與組織之間，甚至人與組織之間，都會因為互動接觸而存在著一種連結，這個連結會因接觸頻繁與互惠性等因素而有強度之分。在任何的政策場域裡，利害關係人或組織之間都可能形成強度不一的網絡關係，而社會資本正存在於網絡之中。當網絡關係越強， 越可能分享與交換資源，形成協力關係。因此，網絡關係的存在、強度、性質，都可能影響網絡行動者的信任程度，進而影響網絡成員互動或共同行動的成本。

‧參考文獻‧

Chava Frankfort-Nachmias & David Nachmias 著，潘明宏、陳志瑋譯， 2001，《社會科學研究方法》，台北：韋伯。

W. Lawrence Neuman 著，朱柔若譯， 2000，《社會研究方法——質化與量化取向》，台北：揚智。

林淑馨，2003，《鐵路電信郵政三事業民營化：國外經驗和台灣現況》，台北：鼎茂。

林淑馨，2006，〈民營化與組織變革：日本國鐵的個案分析〉，《政治科學論叢》，27：147-184。

席汝楫，1997，《社會與行為科學研究方法》，台北：五南。

李翠萍，2011，〈褐地重建中的社會資本與政府效能：日本熊本縣水俁市有機水銀汙染個案分析〉，《政治科學論叢》，50：95-140。

袁方主編，2002，《社會研究方法》，台北：五南。

陳向明，2002，《社會科學質的研究》，台北：五南。

楊國樞、吳聰賢、文崇一、李亦園編，1993，《社會及行為科學研究法（上冊）》，台北：東華。

羅清俊，2007，《社會科學研究方法——如何做好研究》，台北：威仕曼。

Chapter 6
善用各種研究方法（一）

6-1　個案研究法的基本概念

6-2　個案研究法的運用技巧

6-3　田野調查法的概念與適用主題

6-4　田野調查法的操作技巧

在寫作論文時，通常會面臨研究方法的選擇問題。究竟是採質性研究？還是量化研究？可能傷透不少人的腦筋。但是，一本論文只能用一種研究方法嗎？答案是否定的。絕大多數的論文通常採用兩種以上的研究方法，因為即使是採量化研究，也需要運用文獻分析法等質性研究方法才能完成一本論文。事實上，研究方法有很多，除了量化研究法之外，質性研究法就涵蓋個案研究法、深度訪談法、焦點團體訪談法、田野調查法、比較研究法、歷史研究法等等，若能根據本身研究主題的特質與需求，選擇適合的研究方法，相信必能完成一篇具有深度與價值的論文。

雖然對於有經驗的研究者而言，根據己身對研究題目的長期耕耘與瞭解，選擇合適的研究方法並不困難，但對於研究新手來說，由於對主題的不熟悉與樣本的不敏銳，卻可能是一項很大的挑戰。因此，在本章中，作者無意告訴讀者各種研究方法的理論性概念，而是希望從較實務的角度，來介紹分析各種研究法的特質與操作重點，以協助讀者日後在選用與操作各種研究方法時，能按照自身的條件選擇合適的研究法且運用自如。

6-1

個案研究法的基本概念

一、定義

質性研究的型態非常多樣，個案研究（case study）即是其中的一種，在社會科學研究中使用個案研究法的情形更是常見，政策、政治、行政、社會學、心理學、組織和管理等領域的研究，經常會用到這項研究法。

何謂「個案」？學者 Andrews 認為：個案乃是對真實狀況的一種描繪。個案通常是用文字書寫的，其所描繪的狀況會刺激讀者的思考，使讀者認清事實的真相如何？問題何在？以及如何處理？簡言之，個案乃是許多相關事實的說明，其提供問題的狀況，以待尋求解決問題的可行方案（陳萬淇，1995：16）。所以引申至「個案研究法」，乃是對特定的個案加以認真地考察，以進行整體性的觀察、建構和分析，也就是研究者運用多元的資料來源，對真實生活情境的某一社會單元，進行整體、深入且脈絡面向的探討。

二、特性

關於個案研究法的特性根據學者看法的不同而有所差異，作者認為，既然是個案研究，即是對該研究對象能進行深入瞭解，而且研究的重點多是以實務為基礎的問題，並探討「為什麼」與「如何做」問題。

根據研究（林佩璇，2000：243-244）指出：個案研究所要瞭解的是參與事件的人類經驗，而非因果關係，所關心的是個案的獨特性。而從個案研究所獲取的知識有下列三項特性：第一、它能和個人經驗結合，因此更生動、更具體，不只是抽象的概念。第二、因經驗植基於情境中，所以更能掌握研究對象或現象在情境脈絡下的互動及關係。第三、提供更多的空間由讀者自行發展與詮釋，以將個人的理解和經驗融入個案研究中，而產生通則的概念。此外，個案研究法是透過研究過程來闡明研究的對象，除了擴展讀者對研究對象的瞭解與洞察之外，同時也發展出對社會現象與問題的敏銳觀察力，具備有啟發作用。對於研究者而言，經由運用歸納、比較、對照的方式進行資料分析，最後發展出新理念或新思維，可作為建構理論的基礎。

三、類型

關於個案研究法的類型區分，大致可從研究個案的數量及研究目的來加以區分。許多從事質性研究的工作者，都會依據研究個案之數量，將個案研究法再細分為單一（single）與多重個案研究（multiple case study）兩種類型。

所謂「單一個案研究」，是指在整個研究過程中，研究者主要針對一個個體、家庭、團體或社區，進行與研究有關資料蒐集的工作。在進行此種個案研究時，研究者應該盡量降低可能的錯誤詮釋，並讓個案相關資料的蒐集達到最大程度（潘淑滿，2003：254-255），例如研究「國小小班教學之實施現況」，研究者在不同學校探究其實施情形，而每一所學校即為一個單一個案（邱憶惠，1999：118）。而「多重個案研究」則是指對兩個或兩個以上的個案進行研究，包含一個以上的單一個案，有部分研究甚至將多重個案研究稱之為「跨個案研究法」，認為除了對單一案例進行深度瞭解外，同時還進行跨個案的比較分析（cross-case analysis），認為藉由跨個案比較所得到的研究發現與詮釋反應某種程度的共通性，同時還可呈現每一研究發現所深植的環境狀況與條件（Miles & Huberman, 1984，轉引自陳箐繡，2004：334）。

關於研究者究竟是要選擇單一個案研究或是多重個案研究，應視研究目的而定。Marrian（1988）則認為，選擇單一個案研究主要的目的是在於全面且深入地瞭解該實例總體現象的意義，然而透過多重個案的分析詮釋則通常會更具說服力，所以若在經費時間許可的情況下，研究者應多運用多重個案研究法，因為這種研究法具有超越單一個案無法驗證通則性問題的潛力（轉引自陳箐繡，2004：334）。但是單一個案研究仍有其研究的重要性，如在下列情況時，就宜採用單一個案研究來進行說明（林杰熙、潘宗毅，2008：100）：

（一）該個案乃測試一個成熟（well-formulated）理論的關鍵性個案。這些理論已經具體地說明一組清楚的命題，以及這組命題適用的條件。測試理論時，一個滿足理論上所有條件的單一個案，可用來確認、挑戰或是擴充該理論。因此，單一個案可用來決定一個理論的命題是否是正確，或者尋找其他可能的更相關解釋。

（二）該個案代表一種極端或獨特的個案。這在臨床心理學已經是很普遍的作法，所以任何單一個案都值得記錄並分析。

（三）揭露式個案（revelatory case），是指研究者有機會觀察和分析到一個之前科學研究無法探究的現象時屬之。

（四）在一些情況可能會需要用到單一個案，如作為進一步研究的開場，就像是利用個案研究來進行探索，或作為多重個案研究的先導個案。

若依研究目的進行區分，學者葉重新將個案研究法依其所具備之探索性（exploratory）、描述性（descriptive）與解釋性（explanatory）等目的歸納為探索性個案研究、描述性個案研究與解釋性個案研究。其中，探索性個案研究與處理「是什麼」（what）形式的問題有關，描述性個案研究與處理「誰」（who）、「何處」（where）的問題有關，而解釋性個案研究則多是處理「如何」（how）、「為什麼」（why）的問題（高強華，1991：293；葉重新，2001：196-197）。雖然個案研究法依其目的可以細加分類，但就一般情形而論，任何個案研究多兼具描述性、探索性與解釋性目的，單獨以一項目的為努力方向的個案研究，非但不充分，亦不多見。也因此，有研究指出，個案研究法的目的，在於瞭解接受研究的個案，重複發生的生命週期，或該事項的重要部分，進行深入探究與分析，以解釋現狀或描述、探索足以影響變遷及成長諸因素的互動情癥，因此，個案研究應屬於縱貫式的研究途徑，不應過份強調個案研究的單一研究目的，以免喪失了研究的整體性（林杰熙、潘宗毅，2008：99）。

四、適用情境

個案研究法適合在何種情境下使用，一直是研究者所欲探究的課題。適合單一個案研究之情況，包括：重要個案（critical）、極端（extreme）或獨特的（unique）個案、顯示性（revelatory）個案。重要個案需符合驗證理論之所有情況，因此被用以確認、挑戰或擴展理論；極端或獨特的個案一般而言鮮少發生，因此每當有新的個案發生時，就必須掌握機會以發展理論；顯示性個案則是指某些情況雖然普遍存在，但研究人員卻不一定能觀察與分析這些情境，一旦研究人員有機會接近這些情境，掌握機會以單一個案方式進行研究便很重要。至於多重個案通常需要龐大的時間與資源，因此研究者應衡量情況以做決定（白大昌，2002：62）。

除了上述較為特殊的情況適合單一個案研究之外，整體而言，個案研究法之適用情況，大致可藉由以下幾項準則進行判斷（張紹勳，2000：295；Robert K. Yin 著，尚榮安譯，2001：28-34； David A. de Vaus 著，莊靜怡譯，2006：253）：

（一）適合尚未有很多研究或理論基礎的問題。

（二）適合某些特例顯示與理論相矛盾時。

（三）適合於捕捉研究個案中人員的知識並發展理論。

（四）適合研究「如何」與「為什麼」的問題。

（五）適合研究當前的問題。

（六）適合無法在行為上加以進行操控的問題時。

（七）適合個案數不多，但變化性繁複的情形。

總而言之，研究者在進行個案研究時要選擇多少個案數，並沒有一套既定的計算標準，應視研究需要與目的而定，同時充分瞭解個案本身的特性。個案研究相當依賴各種證據資料的來源，並透過彙整分析，有利於對先前研究的理論發展或是引導往後的理論建構。此外，個案研究法透過對個案的廣泛蒐集資料，並加以分析後，能與現況進行驗證，並嘗試提出問題的解決之道，因此對於研究當前所發生之事件，能提供深入、多元、符合現況，且具有可行性的解決方法。

6-2

個案研究法的運用技巧

個案研究中關於選擇合適的研究對象，經常是困擾研究者的重要課題。個案研究法進行研究對象選取時，無法像量化研究一樣，以「抽樣」（sampling）的概念來進行，而是選擇一個或數個個案來進行系統性的探索，以回答研究問題。因此，個案研究所選取的個案，必須是與研究主題有高度相關，而且這個（或數個）個案必須要能夠幫助研究者釐清某種意義，或有助於對於某種現象深刻的理解。換言之，**個案研究在選取個案時，需考慮個案本身的特性，以能提供「豐富資訊」（information rich）來解答研究問題為主要考量，依此種原則所選取出來的個案，稱之為「關鍵性個案」（critical cases）**。而學者 Yin 也建議，若要檢測理論的例外，或基於研究目的必須瞭解某些特殊的現象，可以考慮選取「極端或獨特的個案」（extreme or unique cases）作為研究對象（Yin, 1994: 38，轉引自鄭怡世，2002：423）。

值得注意的是，為了使個案研究在研究過程中也符合「科學」的標準，一般多要求**在研究個案時，能夠清楚交代選取該個案的理由**。換言之，亦即說明「抽樣的標準」。因此，建議讀者可以在決定個案前先從下列幾個面向來思考並嘗試回答下列問題：

一、個案的特殊性或代表性

既然是「個案」，一定有其特殊性或代表性，才能顯現出其研究的學術價值，千萬不要因為在某某單位工作即以某某單位為個案，或是在某縣市求學即以該縣市為例。但可惜的是，大多數的學生在選個案時，可能事先沒想清楚或為了貪圖一時之便，很容易就犯了上述的錯誤。也因而查閱相關資料時，類似在台中念研究所的，就以台中為例；在國稅局工作的就以國稅局為個案的論文比比皆是，殊不知這樣不嚴謹的研究會使辛苦寫成的論文淪為「研究或技術報告」，減少其學術價值。以作者當年在日本唸書為例，當時選定的碩士論文研究主題是「民營化政策的公共性和企業性——以日本 JR 和台鐵的民營化政策為例」。記得計畫公開發表時，有教授提問：「為何選擇以日本 JR 和台鐵為例？有何特殊性？」，我被問的啞口無言，心理卻想：「我是留學生，來日本唸書不就是要學日本的知識，我出身台灣，當然就是以日本和台灣為例啊！就這麼簡單。」事後才知，這樣的說詞是完全不被認可的，沒有任何學術價值。最後，再幾經反覆閱讀有關個案資料後，終於找出「日本和台灣都屬於地狹人稠的國家，鐵路較為發達。日本國鐵改革堪稱目前最成功的案例，而台鐵當年（1996 年）正試圖改革，故以日本 JR 為例，正可以作為台鐵日後改革的參考」。而此種說法最後也被教授所理解接受。故為避免上述情況的發生，讀者在選擇個案前，可以先自問：「為何要選此個案？」、「此個案是最成功個案？還是最失敗個案？有何依據？

（切記！寫論文一切都要有依據，不能憑直覺或常識來判斷）」。例如作者在一篇名為「日本矯正機構之現況、課題與啟示」的論文中，就在前言中說明為何要選兩個個案作為研究對象——「以日本第一所矯正機構 PFI——美祢復歸社會促進中心，和矯正機構 PFI 規模最大的島根朝日復歸社會促進中心為例，來介紹這兩所矯正機構 PFI 的背景和經營現況，從而探討矯正機構 PFI 的意義與面臨的課題」，其中「第一所」和「規模最大」乃是作者選取該個案的理由。又如範例 1 所示，該作者分別對為何選取這三個案例有清楚說明，也就是此三個案例在哪些地方有共同之處，所以放在共同的研究主題之下，又因有哪些地方有所差異，所以需要分別研究。

範例 1

在一篇以「社區本位藝術課程之跨個案比較研究：以三個藝術課程為例」的論文中所選取的三個藝術課程範例分別是：溪山國小陳老師之 1999 學年度藝術課程，2000 年茶山鄒族文化藝術夏令營，以及 2001 年嘉義社區藝術文化冬令營的藝術課程。根據該作者的說法，之所以選擇此三個案例的理由如下：

這三個案例的研究本質並不一樣，不過卻具有多元個案的比較價值：（一）這三個個案皆是以結合社區文化環境為導向的國小藝術課程；（二）各位於台灣南北不同地區的社區文化環境，一是台北市郊區山野，一是阿里山茶山村原住民鄒族聚落，而第三是嘉義市及嘉義縣的海口文化；（三）課程設計與執行模式各有特色，一是經驗豐富藝術教師自行開發課程與教學，二是由教育學者指導，職前藝術教師團隊共同設計課程，三是以自主性方式，職前藝術教師團隊共同規劃課程設計與教材。因此，本研究藉此課程分析比較，希望可以透析不同教師在不同社區環境可能發展的課程架構與特性。

資料來源：陳箐繡，2004：335。

為協助讀者能快速掌握選擇個案的說明技巧，以下提供幾種個案抽樣基礎以作為參考（林淑馨，2010：298-300）：

（一）極端或偏差型個案抽樣

運用此種抽樣方式的研究者，通常會選擇研究現象中非常極端或被一般人認為是「不正常」的情況進行調查。其主要的理由乃是從極端個案中所學習到的經驗教訓或許更可以作為一般性參考。例如以研究垃圾費隨袋徵收為題的研究，在尋找個案時可考慮以目前全國唯一已經實施該政策的台北市為例，藉由個案研究來瞭解台北市得以實施該政策的主、客觀條件，並用以作為日後其他縣市如欲推行該政策的參考。

（二）同質型抽樣

「同質型抽樣」是指選擇一組內部成分較相似（即同質性較高）的個案進行研究。其目的是對研究現象中某一類較相同的個案進行深入探討，因而可以集中對這些個案內部的某些現象進行深入分析。例如若要探討非營利組織中的募款情況，可能會因為非營利組織類型的不同，而產生募款成果的差異，所以研究者通常會將研究限定在某種型的非營利組織，如：社會福利型組織或環保類型組織，進而再對同類型的非營利組織進行深入分析。

（三）典型個案抽樣

「典型個案抽樣」是指選擇的個案是那些具有「代表性」的個案，目的是瞭解研究現象的一般情況。在質性研究中，對典型個案進行研究並不是為了將其結果予以推論，而是希望藉由典型個案來加以說明。例如若以研究青少年犯罪動機為例，則研究者會選擇已經有犯案紀錄的青少年為個案，對於這些具有代表性的研究個案進行分析，並說明青少年犯罪的動機可能的種類為何。

（四）分層目的抽樣

「分層目的抽樣」是指研究者先將研究現象按照一定的標準進行分層，然後在不同的層面上進行目的性抽樣。其目的是為了瞭解每一個同質性較強的層次內部的具體情況，以便在不同層次中進行比較，進而達到對總體異質性的瞭解。例如研究者以研究社區居民參與社區活動的理由為主題，則可以先依據男／女、教育程度、年齡等等先進行分層，再對於這些分層進行目的性抽樣，以瞭解在具有同質性的類別中的情形，並進行比較。

（五）關鍵個案抽樣

「關鍵個案抽樣」是指選擇可以對事情產生決定性影響的個案進行研究。其目的是將從這些個案中獲得的結果邏輯地推論到其他個案。推論的邏輯是「如果事情在這裡發生了，也一定會在其他地方發生」。這類個案通常不具有典型性，不代表一般情況，而是一種「理想」。不同於「極端個案抽樣」選擇的是研究「極端、反常」的個案，「關鍵個案抽樣」選擇的是一種在「理想」狀態下有可能影響到研究現象的「關鍵性」個案。

（六）方便抽樣

方便取樣又稱為立意取樣，是指由於受到某些因素的實際狀況限制（如個案邀約不易、研究者對個案的熟悉或掌握程度等），在選取個案只能根據研究者自己的方便進行，故稱之為方便取樣。此種方式雖較為省時、省力，但因此種抽樣方式沒有一定的選擇標準，可能會影響研究的代表性，也就是信度。若從學術的角度來看較不嚴謹，因此通常是在上述抽樣方式皆無法使用時才不得不採行的權宜之計，建議讀者在考慮使用此方法時應該小心謹慎，也應說明清楚理由。例如作者（2016）曾經在一篇名為〈臺灣非營利組織與地方政府協力的實證分析：以六縣市為例〉的論文中，採用方便取樣作為選取個案的方法。但是在該文中，作者所採用的研究方法是以問卷調查法為主，深度訪談法為輔，故在選取訪談對象時，僅以能回答到研究主題者為優先考量。換言之，使用方便抽樣所選取出來的個案，在該文中僅扮演「補充性」的解釋、說明功能，以強化該文的「深度」，而非主要研究法。

二、資料取得難易

既然是個案研究，所需的資料多強調一手的或內部珍貴資料，絕不是將他人的研究結果或僅透過網路資料拼湊即可完成的。但也因此，若是無法拿到個案的內部資料或相關當事人的訪談，就會影響個案研究的結果，同時影響論文品質。所以，讀者可以先評估自身，關於此個案的內部資料本身是否有能力取得？有把握取得幾成？能否訪談到相關當事人或關鍵人物等。例如作者曾經想要從事台汽民營化前後營運成果之比較研究，但因台汽移轉民營後成為私人企業，除非有特殊關係，對方可以商業機密為由，拒絕接受訪談或提供相關資料，因此，該研究始終無法完成。又如曾經有學生想要研究高鐵在興建過程中政策的轉折，此動機固然很好，但是因為決定高鐵相關政策者目前大多在位，事涉敏感，不太可能接受訪談，再加上一般學生通常人脈不足，除非是博士論文，可以花較長時間嘗試與處理，否則對於此種敏感性高的個案，比較不建議嘗試。

三、對個案的瞭解程度

個案研究強調在其「深度」，所以若是該個案本身相當不容易瞭解，也就是進入門檻較高時，讀者可能需要花費較多的時間成本，才能對個案本身有較深入的瞭解，甚至還可能因自身能力之故，無法對個案有完整瞭解時，即應考慮放棄該個案而不宜過度執著。曾經有學生為了想要研究日本的非營利組織來拜訪我，但一問之下，這位學生不懂日文，對日本的非營利組織也完全不瞭解，問他為何想要進行此研究，答案竟是指導教授的建議，因為台灣的非營利組織研究的人太多。可是這位學生並沒想到，自己除了對日本很陌生外，更重要的是不懂日文，無法親自掌握資料，如想靠英文或翻譯軟體，恐怕很難完成此研究，所以最後我建議該位學生最好回去說服指導教授自己能力不足，否則硬著頭皮進行最後恐怕也只是隔靴搔癢。

小叮嚀 個案介紹的寫法

通常讀者在整理或介紹個案時，最容易犯的錯誤是直接從相關網頁擷取資料，複製貼上。例如所欲介紹的個案是勵馨基金會，就直接到該基金會網站，將所有資料複製貼上，頂多就是註明檢索日期和資料來源。然而，這樣的個案介紹有何意義？跟研究主題根本毫無關連。由於個案介紹也算是本文的一部分，故應該針對該研究主題，若研究主題是「行銷」，除了簡介該組織的設立背景後，就應該將介紹焦點鎖定在該組織的行銷作法；倘若研究焦點是「事業化」，陳述的重點就應該強調該組織有哪些具體的事業化方式。如此一來，才能凸顯出該個案介紹的獨特性與價值，以及和該文的連貫性。

6-3

田野調查法的概念與適用主題

一、概念

「田野研究」一詞，就廣義面而言，所有的實地研究工作都可以此稱之，其中包括了社會調查訪問、各種問卷測驗的施行、考古學實地發掘、民族學調查考察等等；但就狹義面而言，田野工作卻特指人類學研究領域中的考古發掘與民族調查。田野調查，俗稱田調，又稱田野工作（field work）。該研究法的主要意義是在自然環境中進行研究，研究人在某一特定自然環境中的生存和活動的適應（余玉眉、田聖芳、蔣欣欣，1991：15），一般多用於考古人類學和社會學領域。然而，即便如此，不同研究領域在運用田野調查時都有其專門的操作方式和不同的關注之處；如考古人類學領域偏重定點、長期的觀察以及地質材料的調查，而社會學領域較重視量化的資料，主要的工作方式包括訪問、問卷、電話、觀察等。

在台灣，田野調查除了運用在上述的學科外，也廣泛被運用在自然科學、環境科學等學科上。惟相較於民俗學而言，田野調查的使用並不那麼發達，因此有些人甚至誤以為田野調查專指民俗的採訪調查，但其實這是錯誤的觀念。也有些人會把田野調查當作一種職業，甚至一種身份，諸如稱呼某人為「田野調查專家」，這些也都是不正確的觀念。因為田野工作只是一種研究學問的方法，或者說是一種工具，善用這種工具的人，必然可以幫助自己完成重要的研究工作（劉還月，1999：22-24；陳國彥，2001：117-120）。

二、適用主題

什麼樣的主題適合使用田野調查研究法呢？根據 Earl Babbie（轉引自陳文俊譯，2005：385）與 W. Lawrence Neuman（轉引自朱柔若譯，2000：637-638）的研究指出，適合田野調查研究的主題通常有下列特色：

首先，特別適合不宜簡單量化的研究主題與社會現象。田野調查的關鍵優勢之一，在於可以帶給研究者廣博的視野。研究者藉由直接走入所研究的社會現象，儘可能進行完整的觀察，同時也透過此種方式可以對社會現象有更深度與完整的理解。也因之，此種研究模式特別適合不宜簡單量化的研究主題與社會現象。

其次，田野調查特別適合一些最好在「自然情境」（natural setting）而非在人造實驗或調查環境中理解的態度與行為。研究者直接觀察在自然情境中的成員，並與之互動，以求能夠進入他們看事物的觀點。如非營利組織的志願工作者在從事志願服務時所表現的自然態度與行為，而統計分析志願服務成員，瞭解男性或女性何者較有意願從事志願服務，並分析影響參與的背後因素。

再者，田野調查適用於研究涉及體會、理解或描述某個互動中的人群的情況。如研究酒吧文化的影響，就是田野研究的適用時機。

最後，**田野調查適合被用來研究無組織、不固定在某個地方的社會經驗，也適合研究跨時段的社會過程**。例如研究者欲研究兒童的社會世界或偏差行為的產生，唯有透過田野調查才能取得資料；又如田野調查者會在事件發生的當下身歷其境，藉以探究事件的蘊釀與爆發情形。

6-4

田野調查法的操作技巧

一、事前的充分準備

田野調查的成功與否，其關鍵在於田野調查能否進行順利。因此，研究者並非在進行調查時一無所知[1]，為了能早日融入研究的情境中，增加對研究對象或研究議題的瞭解，研究者必須在從事田野調查以前有充分的準備。除了需先閱讀與被研究者有關的資料外，還需要對當地社會現象與文化進行瞭解，以避免進入研究情境之後，觸犯當地的禁忌，而提高當地人的自我防禦心理，增加研究進行的困難。因此，研究主題的篩選、場地的選擇與接近管道的取得，以及與成員建立關係等都是在進行田野調查前需先進行的準備工作。

二、調查的實際進行

（一）觀察

田野觀察意指研究者化身為研究團體中的成員，並參與其活動，但其他成員未必知道他們正在被觀察或成為被研究的對

---

[1] 有研究指出，研究者需一無所知的進入，完全地開放自己，但儘管研究者實地進行田野調查時應提醒自己盡量開放自己，但仍需先做好事先的準備工作（張雯勤著，林本炫編，2005：91-92）。

象。由於田野觀察能使研究者獲得人們以其行動及情感、想法和信念來表達對事件及過程的知覺，而這些知覺是透過語文的、非語文的以及沈默的知識來呈現，所以研究者須對研究當地方言有所瞭解，才便於語文上的記載；而非語文觀察的部分，則包括臉部表情、姿勢、音調、軀體運動等，都代表著一定的意義；至於沈默知識部分，是指個人的、直覺的知識，難以清楚表達，通常個人用行動或創造物體，來解說這種知識，例如：當地的神話故事或是圖騰雕像。

（二）訪談

田野調查除了在選擇的地點觀察和聆聽研究對象的行為之外，訪談也是一種從被研究者那裡蒐集第一手資料的方式，所以田野調查訪談具有下列兩大特性：

第一、著重彈性非結構的訪談。田野調查的最大特點就是田野情境中的彈性，由於最初的問題所引發之答案可以形成其後的問題，在此情況下，只問事先構思的問題並記錄答案是沒有用的。研究者必須發問、聆聽答案、詮釋其對研究者的意義，然後更深入的挖掘之前的答案而架構另一個問題，或是重新將被研究者的注意力拉回到本來研究相關的主題上。簡言之，研究者必須能夠同時聆聽、思考和談話。然而，彈性雖然是面訪的主要優點，卻也為面訪者個人的影響與偏見留下可以著墨的空間，理由在於資料蒐集過程缺乏標準化，使得面訪非常容易受到面訪者偏見的影響，即使面訪者被教導要保持客觀，以及避免傳達個人的觀點，但卻也可能透過談話語氣或態度給予受訪者暗示而影響受訪者的答案。

第二、強調要有明確目標。訪談與日常談話不一樣，日常訪談通常沒有明顯的目的性，或者說目的性不像訪談那麼強。在日常談話中，雖然雙方都有一些事情想談，但不會直接對對方說。而訪談卻有十分明確的目的性，交談雙方對這個目的都十分清楚，而且在訪談開始之前和之中都對此開誠布公、直言不諱。

（三）記錄

在觀察與訪談完後的下一步驟，就是撰寫田野筆記。這是指一位田野工作者必須詳細記錄每一件所見所聞之事，但這項要求卻是相當艱鉅的，因為所謂的「每一件事」是沒有範圍限制的。在研究者的田野筆記中，只有某些細節是和研究有關的，不過研究者在觀察開始時，並不知最終的分析會有何種結果，所以**最保險的作法是盡量記得每一件事，並做下摘錄**。一般而言，田野筆記的內容可以歸納為下列五種類型：

1. 「速記小抄」：意指在田野中記下簡短的、暫時的記憶觸動、字、辭或圖畫，研究者常將其寫在隨手可得的東西上（如餐巾紙等）。
2. 「直接觀察筆記」：是指研究者將其所見所聞用具體特定的字眼做詳細的描述。此種筆記的構成是研究者記錄下被研究者實際所說過的話或表現的行為舉止，不做任何的整理修改，不摻雜任何推論或強行解釋，所以在筆記中甚至還出現不合文法的談話、俚語。

3.「研究者的推論筆記」：乃指研究者對其觀察的事物自行解釋或推論其中的涵義，而推論筆記需附加於直接觀察之後，兩者是分開獨立的，目的是使研究者在重新閱讀田野筆記時，對於在田野中的某一事件可以想到多個不同的意義。倘若研究者不把推論獨立處理，或許會喪失其可能的意義。
4.「分析性的筆記」：是針對研究者所做的計畫內容、所使用的技巧或關於倫理和程序上的決定，以及對技巧所提出的自我批評，都加以記錄。分析性的筆記對於研究者賦予田野事件的意義嘗試予以記載。研究者透過建立想法與想法間的關連、創造假設、提出猜測等方式，仔細思考筆記的內容。
5.「私人筆記」：指研究者將個人的感覺和情緒反應融合為資料的一部分，記錄個人的生活事件及其感覺。基本上，私人筆記的功能乃是提供研究者一個處理壓力的出口：構成個人反應的資料庫；使研究者日後有機會重讀筆記時，評估其以往所做的直接觀察與推論。

範例 2

2. 教會作為集體意識凝聚的場域

教會不僅在當地宣教傳福音，發展部落金針產業，更重要的是透過信仰，傳達並且維護部落本位的價值，確保整個部落的一體性，以及成員對於部落的認同、對於自身從事金針產業的認同。教會作為集體意識凝聚的場域，傳達非物質精神上的理念，透過儀式性的活動，以及成員間私底下的互動不斷建構我群意識的社會價值。

Durkheim 指出，宗教是一種關於神聖事物相關的信仰與儀式相互依賴的體系，這些信仰和儀式把所有對之贊同的人聯合在一起，叫做「教會」的同一道德共同體內（Giddens, 1989: 185）。Durkheim 所謂的「教會」，就是指一個由一群特定的信奉者所組成，並有規律的執行儀式典禮的組織（張維安，2000）。教會透過以宗教精神落實生活的方式，讓部落信徒透過教會的工作，包含傳教與禮拜以及相關的儀式，透過每次活動的進行、禮拜時牧師的講道、信徒分享、禱告，讓情感的表達迸發出能量，形成在某種程度上情感能量的累積，將宗教內在的神聖性，透過儀式所凝聚出的情感，內化到信徒內在本身產生認同、凝聚的作用。

Durkheim 分析行動者參與儀式進而建立某種社會秩序（例如禮拜時必須唱詩歌、大家必須出席等），透過儀式的程序、符號的象徵以凝聚或強化集體意識；Goffman 則是關注日常生活中微小的互動關係，不僅對互動有個明確的論述，同時也認為互動過程本身就是一種儀式的進行；從 Collins 的情感儀式互動理論來看，社會意識通過儀式而集中，人們的情感能量（emotional energy）也得到強化。在情境的作用下，團體成員的互動是動態的，儀式的本身具有能量，透過團體成員共同在場、彼此相互關注、分享共同的心情，在高度相互的主體性以及高度情感牽引下，提供或是製造團體成員間的情感能量（Collins, 2004）。

田野筆記：

……牧師拿起吉他彈奏詩歌，大家都跟著唱，而且相當大聲呢！大家都唱一遍國語再接著唱阿美族語的版本……，後來牧師開始述說達蘭埠的金針、上帝的工作等等，過程很辛苦，在上帝的幫助下不要放棄……，情緒非常激昂，不是基督徒的我，內心好像有什麼被深深打動了，大家也相當專注地聽牧師講話……，接近尾聲的時候大家又唱了幾首詩歌，最後由部落的長老以阿美族語做結束禱告……。

田野筆記：

我們一行人在傍晚展售中心結束營業的時候，坐上師丈貨車後面到黑暗部落阿路的家做花季最後一次的家庭禮拜，聽牧師說由於之前的颱風使得黑暗部落的路都坍塌，車子無法進入，只好等通往黑暗部落的山路搶通之後再過去。到了阿路家，看到阿路的家人忙著準備晚餐。禮拜開始的時候，牧師要今天的主人阿路先用阿美族語禱告……牧師講到因為風災造成連日來金針停止採收的虧損，還有通往黑暗部落山路坍方，阿路也被困在山上家中，牧師語氣聽起來相當悲傷，牧師和師丈看著

眼前坍塌的山路卻無能為力，相當難過，隨後也分享自己一點心路歷程，說到自己因為教會與協會的事情，承受不小的壓力，常常要依靠安眠藥才能入睡，大家臉上沒有什麼表情，看起來好像也相當沉重，她提到對達蘭埠的責任，還有來這裡的工作只有奉行上帝的使命，慢慢情緒也激動了起來，拉抬說話的聲線與力道，鼓勵大家別因為困難而失去信心，上帝的考驗有它的用意。

家庭禮拜記錄：

牧師禱告：我們在天上的父，上帝感謝讚美你，……，主啊謝謝你，開通了黑暗部落的路，讓我們的金針，雖然少少……，但是我相信，你會讓它更多。你是奇妙的神，一根一根的金針都是達蘭埠的辛苦，不管是六十石山或是黑暗部落的，他們都有期待。謝謝你考驗我們，謝謝，……，謝謝你讓達蘭埠經歷各式各樣的考驗，讓他們知道，他們必須要，依靠你，他們必須要仰賴你，必須要全心全意的信奉你。主啊謝謝你，雖然我們的環境曾經遭受過破壞，災難降臨在我們的當中，我們仍然要感謝，謝謝主你肯聽我們的禱告，……（阿美族語），阿門！平安！

教會作為集體意識凝聚的場域，在儀式的進行過程中，以 Collins 理論來看，部落（社會）意識透過儀式而集中、再現、重塑。在成員彼此的自我揭露下，成為儀式中大家所關注的焦點，在高度相互的主體性以及高度情感牽引下，提供或是製造團體成員間的情感能量（Collins, 2004）。這樣的能量也累積到下次儀式進行前，期間社會成員不乏進行一些儀式的私下互動，確認彼此的價值，因此成員與成員間是動態的，集體意識凝聚的社會建構也是動態的。成員在整個場域的互動強化彼此的集體意識，而教會——或者說是牧師，則扮演儀式主持者主導能量的角色。

資料來源：陳冠霖，2012：29-31。

（四）離開

田野工作進展到最後一定會面臨撤離時機的選擇。一般來說，研究者在設計研究計畫時，對所需使用的研究方法、所需花費的時間、資源等，都做了基本的設計，田野研究的撤離當然也不例外。研究者決定何時離開的考量，通常是因為經費耗盡、研究者已經無法再獲得任何「新鮮」（New）的事物等原因，才被迫離開田野研究的現場。然而，研究的撤離必須考量被研究者內心的感受，畢竟在經過長時間與研究對象的相處之後，往往會產生難分難捨的感情。因此應以「將心比心」而且相互尊重的態度，來處理研究撤離時可能產生的倫理問題。

・參考文獻・

David A. de Vaus 著，莊靜怡譯，2005，《社會研究法的設計》，台北：韋伯。

Earl Babbie 著，陳文俊譯，2005，《社會科學研究方法》，台北：雙葉。

Robert K. Yin 著，尚容安譯，2001，《個案研究》，台北：弘智。

W. Lawrence Neuman 著，朱柔若譯，2000，《社會科學研究方法：質化與量化取向》，台北：揚智。

白大昌，2002，〈個案研究法在行銷上之應用與限制〉，《中洲學報》，15：61-68。

余玉眉、田聖芳、蔣欣欣主編，1991，《質性研究——田野研究法於護理學之應用》，台北：巨流。

林佩璇，2000，〈個案研究及其在教育研究上的應用〉，收錄於國立中正大學教育學研究所主編，《質的研究方法》，高雄：麗文。

林淑馨，2010，《質性研究：理論與實務》，台北：巨流。

林杰熙、潘宗毅，2008，〈個案研究法應用於水災災害應變事件分析——以 0609 豪雨為例〉，《水利》，18：99-108。

陳萬淇，1995，《個案研究法》，台北：心理。

陳箐繡，2004，〈社區本位藝術課程之跨個案比較研究：以三個藝術課程為例〉，《人文藝術學報》，3：327-356。

陳國彥，2001，〈田野調查法（初探）〉，《屏東文獻》，3：117-120。

陳冠霖，2012，〈「黑暗部落不日花」，達蘭埠部落有機金針產業的經濟社會學考察〉，天主教輔仁大學社會學系學士論文。

高強華，1991，〈個案研究法〉，收錄於黃光雄、簡茂發主編，《教育研究法》，頁 291-308，台北：師大書苑。

張雯勤著，林本炫編，2005，《質化研究方法與資料分析》，嘉義：南華大學教育社會學研究所。

張紹勳，2000，《研究方法》，台中：滄海。

葉重新，2004，《教育研究法》，台北：心理。

潘淑滿，2003，《質性研究：理論與應用》，台北：心理。

劉還月，1999，《台灣民俗田野行動入門》，台北：常民文化。

鄭怡世，2002，〈個案研究法之介紹——兼論其在社會工作實務研究中的運用〉，《社區發展季刊》，99：415-430。

Chapter 7 善用各種研究方法（二）

7-1 訪談研究法的概念與類型

7-2 訪談研究法的運用技巧

7-3 焦點團體訪談法的概念與特質

7-4 焦點團體訪談法的操作技巧

7-5 訪談資料的整理與陳述技巧

在社會科學的研究領域中，訪談算是一種最常見的蒐集資料的方法。透過訪談，可以彌補許多文獻資料所未深入說明之缺憾，幫助瞭解當時該政策為何會推行或實際發生之困境，促使研究者釐清文獻資料所未能詳細陳述之處。然而，正因為訪談的對象是活生生的人，很多時候是「不按牌理出牌」，他可能會因為聊得太過愉快，忘記時間也離題了；也有可能因有所考量，隱蔽回答的內容，而影響資料的真實性；更有可能因有所顧忌，而拒絕接受訪談。當上述情形發生時該如何面對？要如何才能確保訪談的真實性並成功完成訪談，以及該如何辨別訪談內容的真實性？相信這些疑惑都困擾著不少初學者。因此，在本章中，作者簡單介紹訪談研究法和焦點團體訪談的概念、類型與運用技巧，並提供辨識資料的基本方法，用以協助讀者達成順利完成訪談之目標。

7-1

訪談研究法的概念與類型

一、概念

在社會科學研究中，蒐集資料的方式有很多，但訪談研究法可以算是一種最古老及普遍的蒐集資料方法（袁方主編，2002：257；Fred N. Kerlinger & Howard B. Lee，黃營杉、汪志堅譯，2002：410）。訪談研究法乃是研究者「尋訪」、「詢問」和研究主題相關的被研究者，並且與其進行面對面的「交談」和「詢問」，或是透過電話等溝通工具與被研究者進行對談的一種研究方法。由於該談話屬於**研究性的交談**，為雙方經由語言交流所共同建構的事實和行為過程，而非僅是一方任意地向另一方進行陳述，所以**有其特定的研究目的與一定之規則**。也因之，相較於其他研究法，訪談研究法是十分獨特且重要的一種蒐集資料方式，與一般日常對話相比也有顯著之差異。

訪談雖是一個互動的過程，但因其基於明確的研究目的，是一種經由設計的「人為」談話情境，期望藉此獲得較多且深入的資訊以對特定的議題有深入之瞭解，再加上雙方所擁有的資訊原本即難以對稱（受訪者通常對於該議題有較深刻的體認或經歷，甚或有較豐富的資料與訊息），所以在互動的過程中，研究者和受訪者較難處於平等的地位。理論上，研究者有權控制交談的時間、形式與內容，但實際上，受訪者卻實質掌握資訊的質與量，甚至訪談進行的時間。因此，研究者應以學習和尊敬之心對待受訪者，並以虛心的態度從受訪者身上得到資訊，除了聆聽與分析受訪者的言語回答外，對於非語言部分也應仔細觀察。

二、類型

（一）結構式訪談（structured interview）

結構式訪談又稱為「標準化訪談」（standardized interview）或「封閉式訪談」（close interview），是一種過程高度控制的訪問。訪談對象必須按照統一的標準和方式選取，一般的選取方式為機率抽樣。而在過程中，研究者對訪談的走向和步驟有主導之作用，需按照事先統一設計、具有固定結構的問卷進行訪談。故訪談問題、提問順序和受訪者回答的記錄方式完全一致，訪員也需嚴格按照問卷上的問題發問，不能隨意對問題做解釋。當受訪者表示不明白時，才能重複問題或按統一說法加以說明（參考範例 1）。此種訪談方式雖有利於資料的整理，但因較為制式，所獲得的資訊較容易受限。

範例 1

如欲瞭解國人搭乘大眾運輸的情形，所設計出的結構式訪談大綱如下：

1. 請問您有搭乘大眾運輸的習慣嗎？

□有（請繼續回答以下問題）

□沒有（請說明理由或結束問卷）

2. 請問您所使用的大眾運輸工具有哪些？

□公車　□捷運　□台鐵

3. 請問您使用大眾運輸工具的頻率為何？

公車：□一週 1-2 次　□一週 3-4 次　□每天

捷運：□一週 1-2 次　□一週 3-4 次　□每天

台鐵：□一週 1-2 次　□一週 3-4 次　□每天

（二）半結構式訪談（semi-structured interview）

半結構式訪談又稱為「半開放性訪談」（semi-open interview）或「半標準化訪談」（semi-standardized interview）。半結構式訪談意味著研究者對訪談結構具有一定控制作用，但同時也允許受訪者積極參與。通常研究者事先會準備一份大綱，根據自己的研究設計對受訪者提問。但訪談大綱只有一種提示，訪談者在提問時也鼓勵受訪者提出自己的問題，並根據訪談情況對訪談程序和內容進行靈活調整。通常質性研究剛開始會使用無結構式訪談，但隨著研究的深入，會漸漸轉向半結構式訪談（陳向明，2002：229-230）。由於半結構式訪談是在一種相對開放且經過設計的訪談情境中進行，受訪者可能會比在結構式訪談法或問卷作答中，更能夠清楚地表達出本身的主觀觀點。

範例 2

在半結構式訪談中，研究者通常只會粗略的針對訪談內容設計訪談大綱，以用來確保透過訪談可獲得研究者所想要知道的資訊，但受訪者的回答並不會受到選項的限制，可以就本身想要回應問題的回答方向及深度做選擇。若研究者想要瞭解台灣社福型非營利組織的現況以及組織與政府之間的互動關係，則可以使用開放式問卷的訪談大綱，讓受訪者依據問題有順序地來加以回答。

1. 請問貴組織以非營利組織型態出現的主要原因為何？
2. 請問近年來貴組織的財務來源分別為何？
3. 請問貴組織在過去三年曾經接受過哪些政府機關的補助？
4. 在申請補助款的過程中，您覺得貴機關與政府的關係模式為何？
5. 以表演團體而言，您認為政府決定補助與否的標準為何？

（三）無結構式訪談（unstructured interview）

無結構式訪談又稱「開放性訪談」（open interview）或「非標準化訪談」（unstandardized interview），為一種無控制的訪談。也就是說，研究者於訪談進行的過程中，無須先設計一套標準化的訪談依據，更不必針對訪談問題排列特定順序，只有粗略的問題大綱或幾個要點作為提示，其訪談主要是隨著受訪者的談話內容進行。此時，訪談者只是一個輔助的角色，主要鼓勵受訪者用自己的語言任意發表己身的經驗或陳述己見，目的在於瞭解受訪者認為重要的問題、看待問題的角度、對意義的解釋及其使用的概念與表述的方式。與結構式訪談相比，無結構式訪談的最大特點在於靈活、彈性大，雙方可以就該主題的相關背景、引發的現象或產生之結果等進行廣泛且充分的討論。在此種情況下，受訪者中所提供的資訊或想法，其深度或豐富度有時超乎研究者的預期，有助於研究者增加對該議題的全面及深入性瞭解，故較適合質性研究。然而，無結構式訪談卻較費時，規模也受到控制，且過程因非標準化，亦無法做量化分析研究。因此，無結構式訪談一般被用於深入瞭解表面過程所無法掌握的複雜事實，如個人動機、態度、價值觀等無法直接觀察的問題（袁方主編，2002：260-261；陳向明，2002：229）。

7-2

訪談研究法的運用技巧

由於訪談研究法被視為是蒐集一手資料的重要研究方法，因此訪談的內容深度、成功與否，即關係著研究的品質與水準。以下作者根據先前出版的《質性研究：理論與實務》一書中所提到的訪談技巧，簡述如下（林淑馨，2010：237-246）：

一、訪談前的準備工作

在訪談開始之前，研究者要做一些必要的準備工作，通常包括抽取訪談對象，確定訪談的時間與地點、建立訪談關係、設計訪談提綱等步驟。

（一）選定訪談對象

訪談對象又稱為關鍵參與者（key actor），意指具有特殊見識（knowledge）的人，所以通常是極佳的資訊來源。但也正因如此，**訪談對象選取是否得當，對於研究的成敗也會產生很大的影響**。訪談對象通常可以提供有關某個組織或團體過去和現在發生事件的背景、經過以及相關的詳細資訊，其中還可能包含他人可能忽略的日常瑣事發現或細微差異，因此**訪談對象提供的看法對於研究者而言往往具有重要的參考價值**。也因之，研究者需要花時間去尋找並與這些人建立信任的關係。根據作者個人經驗，通常訪談者對訪談議題越熟悉並掌握訪談對象的相關資訊可能有助於提高訪談邀約的成功率（受訪者可能會認為你是值得對話的對象）。然而，研究者對於這些訪談對象的想法仍然必須謹慎面對，小心地確認其所提供的資訊內容，將這些資訊與運用其他方式（如官方文件、訪談、觀察以及期刊論文）所獲得的資料進行交互比對、驗證（又稱為三角檢定法），以避免過於偏頗淪為主觀，而影響研究的客觀性。

（二）確定訪談時間與地點

訪談的長度會因研究的內容和受訪者所能給予的時間而有所不同。一般而言，訪談時間也不宜過長或過短，過長可能影響受訪者的工作或使受訪者感到疲累，產生不滿的情緒或無法集中注意力；過短則恐怕無法對研究問題有深入的瞭解，**應盡可能控制在一到兩小時之間**。

另外，研究者在**選擇訪談時間和地點時應盡量以受訪者的方便為主**，這麼做除了對受訪者表示尊重外，另一方面也是為了使受訪者在自己選擇的地點與時間裡感到輕鬆、安全、自在，可以較無拘束地發表意見。訪談環境基本上需要具備隱密、安靜及舒適條件，這樣受訪者才能夠不被干擾專心回答問題。公共場所如麥當勞、捷運站等，因為較為吵雜，容易有干擾，影響錄音品質，較不建議。

（三）設計訪談提綱

訪談提綱為研究者於訪談過程中欲進行詢問的問題，主要扮演研究者進行訪談時的主軸，而訪談提綱中所設計建構的問題，即是研究者所欲蒐集受訪者資料的工具。所以訪談提綱設計的良好與否，將直接關係研究目的是否能夠順利達成。為避免研究者在訪談進行時根據自身經驗過度猜測而提出問題，訪談提綱所設計的問題應該是粗線條的、盡量開放，僅列出研究者認為在訪談中應該瞭解的主要問題和應該覆蓋的內容範圍。但學生常犯的問題是：好不容易找到訪談對象，就要盡可能的抓住不放、問個清楚，所以訪談大綱經常「鉅細靡遺」，光是訪談題目就洋洋灑灑十幾、二十幾題，讓受訪者一看就嚇到，甚至連最基本的常識也要問，例如大部分非營利組織會在其網頁寫出組織的使命和提供的服務，但有學生的訪談大綱中就會問：「請問貴組織的使命和提供的服務是什麼？」如此一來，不但訪談大綱過長，而且意味著訪談者事先沒有做足功課，訪談者可能因此而敷衍訪談，或提高被拒絕的機會。

由以上所述可知，**訪談問題應該簡要具體、明白易懂、具有可操作性，且題目不宜過多，盡可能的維持在一頁之內**，方便一眼就全部看到。但**切記訪談提綱要避免以「對」或「不對」就可以回答的是非題方式提問**（如：您認為非營利組織需不需要行銷？），**盡量以開放的詢問方式來作為訪談提綱**，以「如何」（how）、「何時」（when）、「什麼」（what）作為表述文字（如：您認為非營利組織該如何行銷？）。因為以開放的提問來進行訪談，其重點並不是在確認，而是希望獲得受訪者對該主題或事件更多深入的描述。也因此，訪談提綱具有下列兩項特點：

第一、綱目簡略。一項訪問可依研究架構，分成若干部分，每個部分均有若干子題。每個問題需簡明扼要，使受訪者能充分理解。

第二、結構寬鬆。訪談提綱所提的問題不像問卷那樣具有比較嚴格的指標分類，也沒有固定的封閉性答案，因而訪問者與被訪者雙方均有很大的發展空間。

另外，在訪談進行時更要保持一種開放、靈活與彈性的態度，由於提綱形式可能會因訪談對象及訪談情境而有所修改，所以訪談者無須拘泥於形式，認為得按照提綱順序提問，可以開放心態接受受訪者的不同反應，並依循其思緒加以追問探討。

此外，為了使訪談大綱能與研究問題緊密扣合，且便於後續資料的整理、辨識與分析，建議讀者將相關資料以英文字母和阿拉伯數字來代表並予以編碼，如範例 3 以大寫英文字母代表不同的人物編碼，依序分為 A~C 等 3 位代表（如範例 3），而訪談大綱之問題編碼為：P《1》、P1~ P6，受訪者所引用話次，則以問題段落區分，例如：○○雜誌社人員以大寫 A 表示，第二個問題的內容敘述第一段，及編碼為 P2-1，所以整個資料引用序號為（A- P2-1），其他均以此類推（參考範例 4）。

訪談代表	訪談對象	訪談時間	訪談地點	代號
認養企業代表	○○雜誌社	96 年 4 月 3 日	○○雜誌社總公司	A
居民代表	○○區○○里辦公處	96 年 3 月 2 日	里辦公處	B
主管機關代表	○○區公所	96 年 3 月 24 日	○○區公所營建課	C

編號代碼	分析主題
P《1》	請您陳述當時企業興起聯合認養「松江詩園」的想法或動機？ （此題目僅由認養企業代表與居民代表回答）
P《1》	請問您認為企業參與公共事務──認養公園，是屬於一種「回饋行為」或是一種「社會責任」（此題目僅由主管機關回答）
P1	您認為企業出現認養公園想法時，政府如何將各利害關係人聚在一起？政府該如何運作？
P2	您認為企業認養公園的動機為何？所形成的實質效益或社會貢獻為何？
P3	您認為企業認養公園所面臨的問題為何？企業應如何持續下去？而除了資金的投入外，有無其他更深入與效益的參與公共事務的方式？
P4	您認為政府應該以何種態度面對企業認養公園？以及未來其他有關企業參與公共事務的趨勢？應該要有何種更積極與時效作為與配套措施？

P5	面對企業對社區與公共事務的參與，社區居民應有何種態度與作為，可以更能與企業參與的理念相結合？
P6	您對於政府（企業）推動「企業認養公園」政策，有何種具體建議或意見？

資料來源：葉又青，2007：45。

二、進入訪談

此階段主要是與受訪者建立融洽的關係並消除其疑慮。訪談者必須要營造一個輕鬆的氣氛，不應急著進入正題，等到時機成熟時，再開始進行正式的訪問，並提出第一個問題。此時，訪談者的任務是小心而緩慢地將受訪者從日常、社交的層次帶到比較深的層次，讓雙方可以一起專注於一個或多個特定的主題，所以，此階段訪談者的重點應放在營造一個正面的氣氛，以及適當的提出問題。

在訪談過程中，訪談者可以嘗試用類似「然後呢？」「後來呢？」「結果怎樣？」的話語，以使受訪者再繼續針對主題加以補充描述。而針對比較模糊的部分，也可以用「小是多小？」「可不可以再告訴我有關……」等方式，讓受訪者說出進一步或深入的答案。另外，若訪談者不確定自己是否正確瞭解受訪者所說，可利用旁敲側擊方式，以澄清或確認訪談者對答案的詮釋，如「每星期開會一次嗎？」「你的意思是指……嗎？」「你剛剛是說……嗎？」「我這樣解釋對不對？」等，用以釐清內容不明確或不完全之處。

三、訪談記錄

訪談的目的就是要取得資料，而資料是由訪問者記錄而來的。所以訪談記錄的目的在於詳實記錄受訪者所表達的一字一句，研究者再藉由內容分析找出研究問題的答案。因此，**若能徵求受訪者的許可，盡可能以錄音或錄影方式記錄大量的訪談資料**，倘若受訪者不允許使用此方式，研究者則需使用筆記方式詳盡地予以記錄。同時由於研究者訪談數量不一，需在開始進行下一個訪談之前，檢查上一份或之前完成的訪談稿，以確定先前受訪的內容是否有所疏漏，而得以及時加以補救或修正。

四、結束訪談

訪談應該在什麼時候結束？這是研究者經常遇到的一個難題。一般建議是訪談應該在良好的氣氛中進行，因此，**如果訪談已經超過了事先約定的時間、受訪者已經面露倦容、訪談的節奏變得有點拖沓、訪談的環境正在往不利的方向轉變等，訪談則應該立刻結束**。有時研究者自我暴露太少，受訪者不知道對方對已經提供的資訊是否感到滿意，結果按照自己的猜測不停地說下去。這樣做的唯一後果是，訪談時間可能被無限制地延長，訪談者失去了控制，而受訪者過後也可能因耽誤自己過多的時間而感到不悅。因此，遇到這種狀況時，研究者可以有意給對方一些言語或行為上的暗示，並且傳達出讓談話回到日常層次的信號，表示訪談可以結束了，促使對方把自己特別想說的話說出來。在此時如「**最後一個問題是……**」或「**最後請教您的是……**」等用詞則非常實用。如果必要的話，研究者還可以做出準備結束訪談的資料，如開始收拾錄音筆或筆記本等。倘若受訪者好像還有話要說，無論是關於訪談主題或一般議題，研究者在訪談結束時，可以再一次許諾保密原則，並且在結束時表示出最真誠的感謝，為其所付出的時間和精力致上最深的敬意。

7-3

焦點團體訪談法的概念與特質

一、概念

所謂焦點團體訪談法指的是研究者針對某個特定的主題，設計成若干問題，請受訪者以此問題為焦點發表個人意見，研究者藉此觀察各個受訪者之間的互動以及反應。此種方法與一對一的深入訪談法最大的差別在於焦點團體訪談法多了團體成員之間的互動以及討論，而研究者在此之中扮演的是中間者的角色，所蒐集的資料便是以這些團體成員之間的互動討論的內容作為核心（胡幼慧，1996：224；石之瑜，2003：159）。由於此種方法有助於研究者更深入的瞭解人們對特定議題、產品或服務之感受或意見。因此，受訪的參與成員應具有與該研究主題有關的某些特質。而研究者應該在焦點團體中建立包容及樂於分享意見的氣氛，使得參與成員在沒有壓力的情況下，願意主動表達自己的意見，並積極參與討論。另外，焦點團體訪談並未限定只能進行一次，研究者可以針對具有相似特性的參與者進行多次的訪談，以便從中發覺對於該研究主題的趨勢與規律性。

二、特質

大抵而言，焦點團體訪談有下列幾項特質（林淑馨，2010：259-261）：

（一）焦點團體訪談必涉及到「一群人」

不同於一對一的深入訪談，焦點團體訪談顧名思義是以團體作為基礎，其構成基礎為「一群人」。關於焦點團體人數的多寡，一般而言並沒有一定的限制或計算公式。典型的焦點團體主要是由五至十人所組成，但有時可以根據主題的複雜程度或參與者是否具備豐富的專業知識而將團體大小彈性放寬至四到十二人。當處理主題複雜或參與者具有豐富相關知識，團體成員過多，超過十二人以上時，研究者不但難以掌控訪談的進行，團體也容易分裂為更小團體或難以聚焦，成員不容易完全清楚發表意見，同時也限制了每位成員相互分享與觀察的機會。另一方面，成員之間也可能因為座位過於緊密，容易與鄰近的成員交頭接耳，私下交換意見。反之，若團體成員過少，提供意見的數量與內容也可能較為貧乏，因而限制了分享經驗的廣度。由此可知，焦點團體訪談的首要特性便是「人員的組成」，由於其將會影響訪談的品質與結果，所以，團體的大小必須要注意掌控，使每個成員都可以擁有發表的機會，並充分反應各種類型的觀感。

（二）參與者需具有同質性

焦點團體的成員以具有同質性（homogeneity）為特點。也就是說，對研究者而言，焦點團體的成員在實際運作上必須在某些重要的層面上具有相似性，如職業、年齡、性別、家庭特徵與關心的議題等。其主要的理由之一是為了分析的目的，另外則是為了安撫參與者。因為參與者的特性若是差異太大則會影響彼此分享的意願與程度。這種同質性取決於研究的目的，成員則是依照此相似性招募而來，在一開始進行團體訪談時則應該告知成員皆具有此共通性；如成人社區教育方案想要知道如何找到尚未接觸過此社區教育課程的人前來註冊。此時構成焦點團體需有的共通性是：社區成人且未參與過者。又如若要分析使用者與非使用者的觀點，如將這兩類人分屬於不同場次的團體討論時，要比混合在一起討論要簡單多了。其主要的考量是若將不同特質的成員混合編到同一場次，由於成員對於其他類的生活風格或情境的認知不足，會影響其在團體討論中意見分享的程度，也難以發現團體中次級團體或個人的意見傾向。

傳統上，焦點團體成員是彼此不認識的，藉以避免預先存有的假設，減少針對情緒性的或高責任的主題有編輯過或受限的討論，並且維持其機密性。然而近年來的研究則提到在某些特定的情境中，難以找到完全陌生的樣本，但是若將親朋好友納入焦點團體訪談中，則應當小心謹慎，以避免因為主題上的敏感，而使成員之間存有戒心。

（三）焦點團體所提供之資料是由參與者的互動而產生

焦點團體的團體情境創造出在一些重要方面不同於深入訪談的過程，資料是由團體參與者之間互動所產生。由於焦點團體訪談法的目的是在於蒐集研究者感興趣的資料，並發覺各類型人們的廣泛意見。因此，該研究法提供一個比個別訪談更為自然的情境。在焦點團體訪談過程中，參與者相互影響，隨著參與者彼此發問，不同經驗與多樣觀點的交流與刺激，進而使討論的內容逐漸深入與豐富，最後成為珍貴的資料。

7-4

焦點團體訪談法的操作技巧

不同於一對一的訪談，焦點團體訪談因涉及較多的人數，為使場面不致於失控混亂，或流於閒聊，訪談的主持者需要有更多的經驗與技巧。因此，這部分的介紹重點主要放在研究者主持焦點團體時所面臨的各階段內容，以及在每個階段所需擔負的任務。

一、場景佈置及基本準則

討論會一開始的處理很重要，若研究者做好準備工作，就可以預先減少之後團體討論所可能面臨的困難。首先，當參與者抵達會場時，研究者應該先衷心的感謝大家抽空到場參加，且以親切的閒話家常幫助參與者放鬆心情，此時應盡量避免談到研究主題，以減少參與者的不安與緊張。當參與團體訪談的成員都到齊後，研究者就宣布正式開始，以自我介紹及說明研究主題的概要、研究目的等相關背景資訊作為開場，重要的是要強調保密性，且解釋資料的用途、去處與報告提案。

在**研究者的介紹部分不宜過於冗長與專業，但要充分證明這是嚴謹且重要的研究，以提高參與者的參與意願並共襄盛舉**。同時，研究者也應該強調那些可以激發參與者參與意願的要點，例如：更明確的細節、為何要進行研究、甚或強調參與討論所提供的是主動諮詢以及賦予參與者參與決策的機會等。在談話的過程中，研究者也要適時表達出對參與者的任務期望，並且提出保證。其次，**要解釋集會是以討論的形式進行，團體參與者可以自由加入討論，並強調答案沒有絕對的對錯**，每個參與者所表達的意見都是珍貴的，此時研究者主要的目的是要盡量多聽取不同的想法。此外，研究者可以補充說明團體裡可能會有不同的看法與經驗，參與者可以自由發表自己的想法，無論與他人的意見是否相同都要勇於表達。最後，研究者需向參與者說明討論過程中的錄音主要是為了完整記錄參與者的發言，以利後續研究分析之用。另外，**要求參與者不要同時發言，而是要以輪流的方式來表達意見**，依照主題而定，研究者最好請團體成員對其他人所說的話保密，不要傳出討論會之外，如果參與者彼此相識並屬於同一個生活圈，這點便顯得更為重要。

二、個人自我介紹

在研究者開場並說完訪談進行的流程與進行時應注意的事項後，研究者可以打開錄音機，並請團體成員輪流自我介紹，提供姓名及簡單的背景資料。在自我介紹時，研究者可能會稍加追問以得到更完整的答案，並開始設定成深入討論的調性。通常這些背景資料提供許多目的。首先，參與者向彼此自我介紹，開始建立熟悉度；其次，每個人都有發言和聆聽的機會，事先排練討論過程中的這兩個基本重要任務。此外，研究者可以在討論期間利用參與者所提供的資訊來做進一步的詢問，或是藉此鼓勵參與者放開心來參與討論。參與者的背景資料也在錄音帶中讓聲音可以和名字與其他個人特點連在一起，這對轉錄錄音內容的過程很有幫助。參與者一邊輪流自我介紹，研究者一邊以空間示意圖記下參與者的位置和姓名，在整個討論過程當中當成備忘錄讓自己使用。對一些團體來說，如果參與者習慣比較正式的安排，名牌或識別證就很有用。

個人自我介紹結束之後，研究者可能會就團體的組成做一個簡短的評論。研究者可以強調參與者在自我介紹時所顯現的差異，並指出在接下來的討論中這些差異在對比看法和經驗上的好處；或者，研究者可以提出相似處，特別適合在開始深入探討敏感議題之前用來當作序言。如此可以強化大家是屬於「同一團體」的感覺，以及無論參與者的處境是什麼，每個人都是團體中的一員的認知。

三、開場主題

在個人自我介紹之後，研究者便從介紹開場的主題進行一般討論。**開場主題通常是一些比較一般性、中性且容易談論的題目，也可能是較具概念性、定義上的議題**。研究者在這個階段的目標是鼓勵參與成員加入討論，並利用開場主題盡量讓每個人都能參與，參與者的回答一開始可能會遲疑或有所停頓，也可能只有一兩個人在說話，並且直接對研究者發言，也有可能有人會滔滔不絕的發表自己的看法與意見等情況發生，當然也有可能一開始參與者就熱烈參與討論，並涵蓋各種主題。

研究者繼續積極的發言，針對特定主題提出進階問題，大致上要詢問其他參與者的看法，並發展參與者個人的回答，使得答案更為完善。最好在團體的早期階段就讓每個參與者開口說話，否則隨著團體的進行，很少發言的參與者反而會更難開口，最後甚至會覺得自己被冷落或是搭不上話。在討論早期的階段就使討論變的寬廣，有助於減少參與者對研究者的依賴，參與者需要一些時間才會與其他人對答，而不再只是對研究者發言，研究者可藉由給大家簡短的空檔時間思考，強調看法間的差異和相似處或連結不同人所提出的提議等方式，以增進團體間的互動。研究者也要運用非口語的方式，來暗示參與者繼續討論的態度。

另一方面，需要完整探討的重要主題或相關的議題會在此時就被早早的提出，有時可能在討論的前五分鐘似乎就已經涵蓋了整份主題導引。當有這種現象發生時，研究者就可以介入，記下參與者提出的觀點並說明該議題的重要性，且會在稍後進行更完整的討論，不然，研究者就要判斷當下是否適合從團體所提出的議題當中選出一項開始進行討論。

四、討論

在這個接續初始討論的階段中，團體討論的研究新手可能會覺得情況失控，心中可能會思考接下來要做什麼？此時，研究者所扮演的角色乃是鼓勵團體成員積極互動與自由討論，並適時地拋出合適的議題供團體成員討論。

透過主動聆聽和觀察，研究者應留意參與者的發言，並利用簡單的語法提出開放式的問題，對團體的整體與個別的成員提出進一步的詢問。研究者聽取受訪者的用詞，探討這些詞彙對於參與者本身的意義，並且在之後仿照參與者的用語提問或做出評論。如果團體沒有自動提出相關的主題，研究者就需要將討論方向導正，並確定讓討論大致上是集中在研究的主題上。同時，研究者會試圖讓每個人都參與討論，並讓每個人都有差不多的發言機會與時間，也讓團體在過程中致力於產生新見解與想法。在此部分，所有的討論任務都會有更詳細的描述。一般來說，到了這個階段，討論會變得生動活潑，但是如果討論出現空檔，研究者應該避免介入去填補這一段空檔，假設研究者忍不住開口，通常就表示團體當中有人將會接下讓討論繼續的責任。

五、結束討論

在最後一個階段的討論主題是事先已經決定好的題目，但是要考慮到這個主題如何配合討論的整體型態，以及團體訪談的整體發展階段。建議與在個人訪談中一樣，討論最好用正面而完整的話語結束，例如：在討論完成後提出具體的改善情況與想法，如果討論過程中曾有內容刺激到情緒，則這個階段尤其重要。

研究者需要注意討論結束的速度，好讓團體有時間為結束做好準備，應避免突然終止。因此，研究者應該做出討論已接近尾聲的表示，如提到「最後一個主題」，並在最後提出「在結束前還有沒有什麼要談的？」或「有沒有什麼是被遺漏卻一直還沒有機會說到的？」等問題作為結束。最後研究者結束討論，並向團體參與者致謝，強調該討論提供了莫大的幫助。在涉及敏感議題的研究中，更需要再次重申討論過程的保密性，並再次重述研究目的以及其用途。錄音機關掉後，研究者應該多待一陣子，如果參與的成員對於參與本次的團體討論感到愉快且很有參與感的話，就有可能會不願意立刻離開。

7-5

訪談資料的整理與陳述技巧

個人認為，社會科學領域的論文最可貴之處，乃是在於透過實証研究，瞭解許多理論所無法解釋清楚或說明白之處。也因而，如何將辛苦訪談得來的第一手資料正確無誤的完整表現，則考驗著研究者的整理能力與分析能力。基本上，若是透過訪談來獲得資料，通常會要求錄音並做成「逐字稿」。然而問題是，逐字稿的內容相當雜亂，可能涉及訪談過程中訪談者個人情感的抒發，再加上是談話方式，常常談著談著就不小心離題了。所以逐字稿只能當作附錄資料，以作為佐證之用，卻不適合放入本文中。要放入本文的內容，是需要經過研究者選擇、整理、解讀與分析的資料，但切記，千萬不可以「竄改資料」內容來符合自己的想法，這樣就違背學術倫理了。以下作者乃根據個人多年投稿和指導學生論文的經驗，提供訪談資料整理與陳述的相關技巧如下：

一、關於受訪者背景資料的陳述

通常一篇或一本論文為求其公正客觀，鮮少會只訪談一、兩人，而是以相關利害關係人作為訪談對象。所以，為了使讀者瞭解受訪者基本的背景資料，藉以彰顯訪談內容的權威性或可信度，多半會在訪談資料整理之初，以「表格」方式，將訪談日期、起迄時間，甚至職稱、年資等逐一列出。同時，為了避免受訪者身份曝光，造成不必要的困擾，通常會以匿名代號方式，如 A、B 等來顯示，而不會寫出真實姓名，但如範例 5 所示，代號 01 卻有可能因為電信總局局長只有 1 人，若對照受訪時間可能會找出受訪者，就學術研究強調匿名性來說，有值得改善的空間。

範例 5

受訪機關和對象一覽表

機關名	代號	受訪者職稱
電信總局	01	局長
電信總局	02	處長
電信總局	03	技正
電信總局	04	專員
中華電信	C01	科長
中華電信	C02	工程師
中華電信	C03	課長

另外，如範例 6 對受訪對象與組織的陳述方式，則是更加精細，可以幫助讀者清楚掌握受訪者的背景資料，以及訪談內容所代表的意義。因此，若不受限於篇幅與字數，建議讀者們可以採用類似此種方式，在匿名的情況下，明確交代受訪者的基本資料。

 6

民間福利服務輸送型組織

機構代號	機構屬性	規模	服務領域	機構歷史	受訪者職稱
S01	財團法人	中小型	兒童福利	10 年以內	‧相當於執行長職務之行政主管 ‧執行秘書
S02	財團法人	大型	家庭、兒童及少年福利	20 年以上	‧資源發展部門的行政主管
S03	社團法人	中小型	福利服務輸送型組織或團體	10 年以內	‧秘書長 ‧研發組組長
S04	財團法人	小型	特定類型的兒童及其家庭	10 年以內	‧執行長
S05	財團法人	中型	兒童、少年及婦女福利	10 餘年	‧執行長 ‧相當於資源發展部門的督導
S06	財團法人	大型	社會救助國際人道救援	20 年以上	‧相當於資源發展部門的高級專員
S07	財團法人	大型	殘障福利	將近 20 年	‧資源發展部門的行政主管
S08	社團法人	小型	某法定傳染病感染者	10 年以內	‧秘書長
S09	財團法人	大型	家庭、兒童、原住民福利國際人道救援	20 年以上	‧相當於副執行長職務之行政主管

資料來源：鄭怡世，2001：181。

關於受訪者資料的陳述，除了以上的整理方式外，還有一種是在文中一一介紹受訪組織或受訪對象職稱，然後再列出表格，同時說明受訪時間、地點與方式，目的是希望讓讀者瞭解受訪者的代表性，但卻無法知道受訪對象，具有高度的匿名效果，如範例 7 所示。

範例 7

在非營利組織方面，由於我國非營利組織數量眾多，難以全數探究，故在研究對象的選取上乃根據組織「規模」與「類型」將其區分為「全國型」和「地方型」，以及「基金會」和「協會」，以立意取樣的方式選出心路基金會、家扶基金會、彭婉如基金會、伊甸基金會、聯合勸募協會和老五老基金會 6 家全國型非營利組織，以及臺灣安心家庭關懷協會、臺北市自閉症協會、生命小鬥士愛心協會、星星兒福利基金會、一粒麥子基金會、身心障礙者福利促進會、台東縣外籍配偶協會 7 家區域型非營利組織進行訪談。

非營利組織訪談對象資料

代碼	職　稱	組織類型	訪談時間	訪談方式與地點
N1	執行長	基金會／全國型	2015/12/15	面訪（臺北）
N2	區主任	基金會／全國型	2016/01/07	面訪（新北）
N3	秘書長	協會／全國型	2016/01/21	面訪（臺北）
N4	研發部主任	基金會／全國型	2016/01/25	面訪（臺北）

N5	執行長	基金會／全國型	2016/01/26	面訪（臺中）
N6	區主任	基金會／全國型	2016/01/29	面訪（新北）
N7	專員	協會／地方型	2016/10/14	面訪（臺東）
N8	理事長	協會／地方型	2016/ 10/17	面訪（臺北）
N9	理事長	協會／地方型	2016/10/17	面訪（新北）
N10	董事長	基金會／地方型	2016/10/21	面訪（高雄）
N11	專員	基金會／地方型	2016/10/27	電訪
N12	理事長	協會／全國型	2016/10/31	面訪（新北）
N13	專員	協會／地方型	2016/11/02	電訪

二、訪談資料需有順序的整理

面對龐大的訪談逐字稿，學生通常感到「既興奮又害怕」。「興奮」的是終於完成訪談，可以對老師有交代，然後離畢業之路好像又近了些，但「害怕」的是，資料這麼多，怎麼整理？怎麼用？才能顯示出論文的水準？

事實上，訪談資料的整理是有其順序的。有的學生會根據訪談大綱的順序整理，也有的是依照前面所整理的研究架構進行，無論何者，只要能夠有條理地將每位受訪者的意見予以忠實呈現，而不致雜亂無章即可。如欲使讀者對訪談內容一目瞭然，立刻掌握訪談的關鍵內容，建議可以嘗試下較明確的小標。如範例 8 所示，作者想呈現受訪者所認為電信普及服務的困境與發展方向，故將訪談內容整理為「制度困境」與「發展方向」兩部分，制度困境部分，又根據不同的受訪者整理為

「補助金發放的拖延」、「補助金額的不足」與「偏遠地區的定義需一致」等小標題，再將訪談內容根據各小標放入。如此一來，不但有助於讀者閱讀，同時也方便對內容的掌握。

其次，在小標底下，研究者將所放入的關鍵逐字稿內容再加以整理成一般性文字。由於逐字稿本身的內容還是說話方式，有時可能出現過於白話或是表達跳躍的情形，此時為求行文清晰，研究者有必要將文字在不違背原意的情況下予以重新組織。

範例 8

（前述省略）

四、普及服務的困境與發展方向

（一）制度困境

歸納受訪者所言，目前所實施的普及服務制度，有下列幾項點值得檢討改進：

1. 補助金發放的拖延

從訪談中獲悉，由於普及服務的支出金額相當龐大，受補助業者在預先支出而後申請的情況下，如補助金遭到拖欠，恐會影響其週轉，發生營運困難的問題。

「改善的部分就是說看錢能不能早點拿到，不要拖」（c02）。

2. 補助金額不足

業者認為以目前普及服務的補助金額，難以因應政府相關單位對普及服務的多樣要求，需擴充補助的金額

範圍，以增強業者提供服務之意欲。

「就是說補助的金額範圍要再擴大，可能會再擴大，像那個斯馬庫司金額又往底下掉，這個都造成我們比較不會有意願去擴充這些普及服務的服務」（c01）。

然而，若訪談對象眾多，同質性受訪者超過七、八人以上，由於擔心所占篇幅過大，恐怕就難以採用上述將訪談內容逐一列舉的方式，建議改採先整理訪談內容，並輔以有相同看法者之代號，再列舉具有代表性的敘述予以佐證，則能有系統的表達受訪者意見，請參閱範例 9 所示。

範例 9

（一）對等層面

在協力過程中，關於「對等」的感受，公私雙方的認知有顯著之差距。公部門認為，雖然雙方強調協力或夥伴關係，但若協力型態是採委託方式，在經費核銷、評鑑考核時，就明顯會出現上對下與監督的不對等情形（G2、G4、G5、G6、G10），如「一旦是委託嘛，所以我就有監督你執行情形的這個角色，那監督的時候就不是對等」（G2）、「績效考評，就是在督導的這個面向的話，我們比較不會基於這些對等的部分」（G4）。

然而也有受訪的公部門認為，雙方即便有委託的契約關係，但非為上對下，仍是處於對等，僅是角色扮演和分工的不同（G1、G3、G7），如「我是監督的角色，並不是代表我在上位……這只是分工」（G1）、「我認為契約上如果有寫清楚權利義務關係，應該是大家協議好，就是認為可接受的，所以權利義務關係裡面應該算是對等的立場」（G7）。

另外，參照前述範例 3 的人物編碼和範例 4 訪綱編碼，而可以結合逐字稿將訪談結果清楚、有條理的整理出來（參照範例 10）。雖然此種整理模式較為費時，但卻井然有序，建議讀者們可以嘗試看看。

範例 10

而「松江詩園」認養是十五年前的事了，可能當初居民沒有這樣公共空間的概念或意識，當年是由一些專業人士來主導的公園的樣貌，而目前大家的生活水準提高、對品質的要求也相對提高，所以企業也要跟著時代做一些改變，因此後來改建時，就不會太堅持當初的設計理念。（A-P5-2）

因為目前的「民意抬頭」，社區居民常會以「自我」為出發點，所以較本位主義，缺乏「公共空間」的觀念；另外「公共關係」也改變了，不認識對面鄰居，所以社區居民到底要用什麼心態來對待「企業認養公園」的心態呢？我想，社區居民應該要瞭解的，雖然企業可能是來營造自己的形象，但如果企業連這點都不做了，

對民眾而言，企業是沒有任何的實質意義。（F-P5-1）

企業應該要「融合」我們居民的意見，因為是居民在使用，希望他們在出錢出力時，也能得到居民等值的鼓勵，所以錢要花在刀口上，這樣的認養才有意義。所以希望企業能瞭解居民的需求，例如：增設遊樂設施或體健設施。（C-P5-1）

資料來源：葉又青，2007：72。

三、訪談資料的呈現宜用不同字體

為使訪談資料的內容與文獻資料或研究者本身的思考有所區隔，通常在訪談資料的呈現上會以不同於本文的字體來表示，如本文字體是採 12 號「細明體」，那麼訪談內容就可以用 11 號或 10 號「標楷體」。另外，也有論文是以「斜體字」或「畫底線」來做區隔。無論何者，沒有好壞，只要研究者覺得版面美觀，而且可以達到辨別的區隔效果即可，如範例 11 所示：

範例 11

業者認為以目前普及服務的補助金額，難以因應政府相關單位對普及服務的多樣要求，需擴充補助的金額範圍，以增強業者提供服務之意欲。

「就是說補助的金額範圍要在擴大，可能會再擴大，像那個斯馬庫司金額又往底下掉，這個都造成我們比較不會有意願去擴充這些普及服務的服務」（c01）。

四、節錄的逐字稿篇幅不宜過長

訪談資料因為得來不易，多是學生辛苦整理而來的，所以大多數的學生通常會竭盡所能的想大量放入本文中。曾經有次閱讀一本學生的論文，發現光是一題的訪談回答，就放了近兩頁的訪談資料，不但零碎雜亂，也無法表示出作者本身的意圖，因此，建議讀者如果要將訪談資料放入本文中，在不修改、不違反原意的前提下，應該適當的刪減，冗長無關的內容可以用「……」表示，而重要、關鍵的部分則力求「原汁原味」的呈現（參考範例 12）。切記盡量不要在一頁中全部放訪談資料，這樣會讓讀者認為你不負責任，沒有盡到「整理」的義務，再怎麼重要的內容還是可以精簡，只需將與該標題最有關的部分放入。

（前述省略）

4. 偏遠地區的定義基礎並不合理

偏遠地區之定義標準應多考量現實情況，而非單純以五分之一的人口密度作為界定之標準。如此一來，可能將其他需要補助之不經濟區域排除在外。

「就是五分之一的限制是不是很合理，因為它是平均人口五分之一以下才被定義是不經濟地區或偏遠地區，有很多考慮的方向……那這當然是五分之一以下它這個地方一定是不經濟，但是，除了五分之一以下的話，那像有一些比較貧瘠的這些縣市，譬如雲林縣。雲林縣它本身就不是一個工業性或農業性，那它幅員是蠻廣的，……人口可能都在這個標準，它不是符合五分之一以下的偏遠地區，所以它就沒辦法得到這個補助，其實它是虧損連連……但是列入普及服務就被排擠掉」（c01）。

‧參考文獻‧

Fred N. Kerlinger & Howard B. Lee 著，黃營杉、汪志堅譯，2002，《研究方法》，台北：華泰。

石之瑜，2003，《社會科學方法新論》，台北：五南。

林淑馨，2010，《質性研究：理論與實務》，台北：巨流。

胡幼慧，1996，《質性研究——理論、方法及本土女性研究實例》，台北：巨流。

袁方主編，2002，《社會研究方法》，台北：五南。

葉又菁，2006，《企業參與公共事務之研究——以臺北市「松江詩園」企業認養為例》，銘傳大學公共事務學系碩士在職專班碩士論文。

陳向明，2002，《社會科學研究方法》，台北：五南。

Chapter 8
研究結果的展現

有學者指出，一項研究工作的成敗取決於下列三項基本條件：第一、研究題目的選擇，亦即所選的題目是否有意義，有無研究價值；第二、研究方法的運用，有無適當方法可用，能否用之於選定的研究；第三、研究結果的表達，是指寫成的文字報告能否清楚的把作者意見告訴讀者。凡是從事學術研究工作者皆可以體會到，符合上述三條件之一已屬不易，更何況要同時滿足三項要求者，則是難上加難。若分析上述三個條件的性質發現，前面兩個條件關係到研究者個人在所隸屬學門中學養的深度，研究者必須對所從事的學門知識有相當的基礎後，才能從前人的理論與研究中找到自己的研究途徑。至於第三個條件，除了個人的語文能力外，因傾向技術和經驗層次，基本上較容易學習。但因這個條件無異是整個研究工作的外衣，缺少它就無從顯示研究的結果。因此，如何最有效的用文字表達一項研究的歷程與結果，已成為重要的問題之一（楊國樞等，1980：907）。

事實上，研究者花了很長的時間，辛苦地找尋、整理資料，若所獲得的研究結果無法完整呈現，想必是相當可惜的。雖然論文的撰寫涉及到個人的語文能力，但因論文畢竟與一般的文學創作不同，除了無法憑空想像或虛構外，更強調嚴謹的邏輯訓練，因此，研究者若無法透過精準的文字，清楚地將研究過程與所得之結果與意見完整的傳達給讀者，那麼再精采的研究成果恐怕也難以喚起專業讀者的共鳴，並獲得專業領域的重視。幸而這項能力與條件是較技術性且可以訓練的，研究者若能熟悉論文的撰寫過程與格式，並加以練習，仍有機會完成一篇有學術價值的論文。在本書最後，作者希望透過個人自身的寫作經驗，提醒讀者撰寫論文是應注意之事項，同時分享研究成果展現（含結論撰寫）的相關技巧。

8-1

論文撰寫原則與技巧

撰寫論文的原則，並不是對撰寫論文者提出該如何寫的要求，而是針對寫出來的論文內容所該達到的標準給予規範。雖然論文可以根據其需求而區分為不同的類型，但基本上任何一種型式的論文都應該符合下列的原則，也可以運用幾項小技巧：

一、簡明清晰

論文是一種學術性文章，用字遣詞要清楚明白，平鋪陳述，不必採用抒情文的方式增加文章的可讀性和生動性，也不要加入太多個人情緒與想像，盡量中立客觀，不要太過咬文嚼字。有很多學生常誤以為越是「難懂、艱澀」的文章才算有深度，才是好文章，卻忘記論文寫作最重要的是描述詳盡、細密，力圖把讀者帶到現場，使其產生「身臨其境」之感。此外，文句不宜過於簡略，以免讀者不明白該文句的真正含意。例如說「北大」，究竟是指台灣的台北大學或是中國大陸的北京大學，如果用字不注意可能會產生誤解的情況。

二、立場客觀

論文寫作在引用他人資料或他人觀點時，應採客觀的立場，避免使用故意誇張、攻擊或批評的文字，也應避免恭維的稱謂（葉重新，2001：327）。同時為了保持研究者的客觀態度，通常在行文中不以第一人稱「我」自稱，而以第三人稱「作者」、「筆者」或「研究者」來稱之，有些研究生會在文中謙稱為「學生」或「後學」，但因論文的寫作強調專業與客觀，過度謙虛乃是不必要的。另外，文中引用他人的觀點，直寫其姓名，而不必加頭銜，以免因訴諸頭銜權威或感情，而失去客觀（黃光雄、簡茂發，1997：441）。

三、內容完整

論文的內容結構可分為三部分：第一部分是導論，第二部分是陳述和分析，第三部分是結論和建議，此三部分各有其重要性，缺一不可，否則會影響論文的內容結構與其完整性（葉至誠、葉立誠，2001：236-238）。作者認為，第一部分是介紹研究的目的和意義，乃是根據前人的研究文獻、研究者個人的經驗性知識及概念框架，來描述所欲探討的現況和所面臨的情形，缺少了此部分，不僅讀者無法理解研究議題的背景，也難以瞭解研究者為何會選擇此研究議題。第二部分是陳述和分析整理的工作，是全文最核心之處，當然不可或缺，否則失去焦點和重心。第三部分是結論和建議，由於此部分的內容是研究者分析整理研究所得之結果，且陳述研究者的發現，以及從中得到的啟示，對整體研究來說，因涉及到研究發現，代表研究的學術價值，故此部分也是相當重要的。

四、合乎邏輯

整體而言，從緒論、文獻回顧、研究設計與分析，到最後的結論與建議，這幾個部分需有前後呼應的相互聯結關係，並且以循序漸進的方式呈現。然而，要達到此目的，研究者的思考邏輯應避免以跳躍方式進行，以降低論述產生相互矛盾的情形。對此，葉至誠、葉立誠（2001：239-240）在《研究方法與論文寫作》一書也提到，「論點前後一致，不能自相矛盾；證據要詳實、充分、有說服力；在論點與論據之間要觀點與材料相一致，並達到使零散的材料組織成有序的一定觀點與一定材料的統一」。換言之，如何將蒐集到的各種不同性質的資料，整合成有價值、有邏輯的學術文獻，乃是研究者撰寫論文時所面臨的艱鉅工作。

五、力求均衡

在撰寫論文時要注意全文章節安排和佈局應力求均衡，不宜有所偏頗，而造成有的章節資料過分膨脹，有的則過於簡略。作者就曾經看過某學生論文第一章就有十小節，但每一節不到半頁，此時可以考慮將部分小節合併，如「研究背景和動機」、「研究目的與問題」，盡可能讓每一節的內容差距不要太過懸殊，不成比例。至於章的部分也是如此，雖然難以做到各章的內容均等，但除了第一章和最後一章外，還是要注意避免部分章節的內容過少，而出現有的章節僅有五頁，然有的章節卻長達四十多頁，這種懸殊太大情形的發生。

六、善用小標

由於大多數的學生沒有寫作長篇大論的經驗，很容易寫著寫著就忘記自己當初寫論文的初衷，而發生「研究問題與研究結果無法結合」的「牛頭不對馬嘴」情形。為了避免上述情況的產生，建議初學者可以嘗試使用小標來作為確認各段落文章主軸與提醒自己不要離題的工具。例如作者在 2012 年發表於台大《政治科學論叢》的〈日本地方政府促進非營利組織協力之理想與現實〉一文，整篇論文共分為六大標題「壹、前言」、「貳、日本地方政府與非營利組織協力之背景」、「參、協力之文獻回顧：定義、類型與目的」、「肆、日本地方政府促進非營利組織協力之實務」、「伍、日本地方政府促進非營利組織協力之困境」與「陸、結語：日本經驗對我國之啟示」。在寫作論文時，可以根據每個大標題再構思各個小標內容，同時考量其關連性，這樣就比較不會發生離題的情形。以「貳、日本地方政府與非營利組織協力之背景」這個小節為例，作者就將思考與論述的焦點集中在「協力之背景」上，因此整理出「一、地方分權改革；二、治理與地方治理」兩項小標（請參考範例 1）。

日本地方政府促進非營利組織協力之理想與現實

壹、前言

貳、日本地方政府與非營利組織協力之背景

一、地方分權改革

二、治理與地方治理

參、協力之文獻回顧：定義、類型與目的

一、協力的定義與要素

二、協力的類型

（一）松下啟一的分類

（二）山岡義典的分類

三、協力的目的

（一）落實新公共概念

（二）建構協力型社會

肆、日本地方政府促進非營利組織協力之實務

一、協力的概況

二、促進協力的具體作法與成效

（一）背景

（二）作法與成效

1. 協力事業法制化

2. 協力參與環境的建置

3. 誘因制度的創設

伍、日本地方政府促進非營利組織協力之困境

一、理想型協力與現實型協力之矛盾

二、中介（間）支援組織的經營困境

三、融資制度實施的困境

四、基金制度實施的困境

五、事業提案制度的實施困境

陸、結語：日本經驗對我國之啟示

一、新公共觀念的認知與建立

二、協力的制度環境之整備

三、協力的參與環境之建置

四、多元靈活的協力誘因制度

8-2

論文的基本結構

一般而言，論文有其基本的內容要求與組成結構，可能因為所屬科系、個人寫作習慣，甚至指導教授的要求而有所不同，但大致都脫離不了導論、正文、結論、參考文獻、附錄、註釋等幾個部分，簡單說明如下：

一、導論

導論又可稱為引言或緒論，在整體的論文中扮演「介紹、說明」的先鋒角色，使讀者能對整體研究的內容與操作流程有一簡單、清楚的整體性概念。由於導論牽涉到讀者是否繼續閱讀該論文（試想若翻開一本書或一篇文章，開始就出現成串的專業術語，不但使讀者難以進入研究情境，還容易因而感到沮喪，有誰還會有動力繼續將此文閱讀完畢？），因此在撰寫導論的時候，切記應避免使用深奧的理論、艱澀難懂的專業性用語，以及過多瑣碎的數據或圖表來陳述，盡量以有知識的非專業人士的立場，以平易近人的語法，用簡單的詞語來敘述，如可以引述相關報章雜誌的報導或社會現象作為開端（請參閱範例 2），較能引起讀者的閱讀興趣，同時幫助讀者快速進入研究情境中。

範例 2

近年來，台灣受到民主政治與經濟快速發展的影響，民眾參與公共事務的意識越來越高，而人民對生活品質和公共服務水準的要求也日益提升。面對如此多元的需求，政府如何透過合理的社會資源管理以滿足民眾需求，即成為一個迫切需要解決的課題。大抵而言，自民國 80 年代起，由於社會福利及經常性財政支出大幅增加，以致國家財政急速惡化，使得可用以支應公共建設之經費相對縮減，故傳統單獨仰賴政府預算支應之方式，已無法因應時需。在此情況下，為突破政府財力困頓的困境，便考慮藉助民間之力來參與大型公共建設，期能達成促進國家社會的經濟發展，幫助提升公共建設效率與服務品質，減輕政府財政負擔，以及精簡政府組織人力等目標，著名個案如台灣高速鐵路、高雄捷運、台北港儲運中心的興建等。根據行政院公共工程會的網站資料顯示，自 2002 年至 2010 年 3 月止，我國民間參與公共建設案件累積為 737 件，計畫總規模約 4,636.53 億元，民間投資金額高達 4,317.13 億元，預期契約期間可減少政府的財政支出約 6,250 億元，可增加政府收入約 6,343.68 億元。從上面這些數據不難看出，政府對於民間參與公共建設似乎抱持著高度的期待，希望藉此不但能減少財政支出，甚至還可進而增加政府財政收入，同時擴大雇用機會，提供優質的公共服務。

資料來源：林淑馨，2011：2。

二、正文

正文乃是論文的主體部分。由於此部分包含資料取捨、論點陳述、論證分析等安排是否合適與合乎邏輯等問題，直接決定論文質量的高低與作用的大小，因此是研究者在撰寫論文時花費最多時間與精力的部分。

大抵來說，正文的內容主要包含文獻檢閱[1]、理論整理、研究對象和操作過程的介紹，以及研究結果的分析討論等。由於各部分內容在前面章節都已經詳述過，於此不再贅述。但仍針對寫作過程中最應注意，同時最重要也最難處理的部分再予以加強提醒。根據個人的指導經驗，對研究生而言，最不容易處理和最常需要不斷改寫的部分應該是文獻檢閱與研究結果的分析討論。一般而言，文獻檢閱的目的與作用在於，由於學術性研究不能憑空想像，必須根據已有的研究成果為基礎而進一步發展，因此當研究者決定好研究題目後，即需對以往學者所做的同類研究進行閱讀與評論，雖然閱讀的範圍無法窮盡以往發表過的所有文獻，但至少需包含下列兩部分：一部分是同一主題相同觀點和研究方式的文獻，另一部分是同一主題不同觀點和不同研究方式的文獻。換言之，透過閱讀相同主題但不同觀點或研究方法的文獻，可以協助研究者瞭解該研究主題目前整體的研究概況與成果。至於核心研究文獻之閱讀，則可以提

---

[1] 也有文獻認為文獻檢閱可以放在導論的部分（袁方主編，2002：676）。對此作者認為並沒有一固定的寫法，也沒有孰好孰壞的優劣問題，全視研究者本身的章節安排需求之完整性而定。

供研究者一個反思的機會，將本身的研究與這些類似的研究做一明確之區隔，避免陷入辛苦進行的研究已經有人完成的窘境。因此，研究者最好能夠有系統且精簡的把近年來學者們對於該研究主題的研究演變情形與研究結果整理出來，**並陳述自己的研究與這些研究的差異之處**。在撰寫這部分時，**篇幅不宜過長，切記勿將所有資料堆積在一起，而缺乏對資料的評述**（參考範例 3）。

範例 3

整體而言，國內有關非營利組織的相關研究已經有相當之累積且成果豐碩，但早期的研究主要集中在管理和公共行政領域，且多偏重行銷、募款、事業化、人力資源與志工管理等管理面向與應用議題之探討，期望藉此提升非營利組織的經營管理能力，用以增進組織的永續經營。相形之下，從行政領域的觀點，探討非營利組織的課責、資訊公開、法律規範，以及非營利組織與政府協力或互動的相關研究則相對缺乏。直到九二一地震以後，有關政府與非營利組織協力或互動的議題才逐漸受到重視。如檢閱相關文獻發現，目前非營利組織與政府協力的相關研究，約略可以歸納為協力或互動理論的整理與建構，以及藉由個案來觀察兩者間實際的協力運作兩大面向；前者如官有垣（2001）、江明修與鄭勝分（2002）、孫煒（2007）、莊文忠（2008）、林淑馨（2008）、劉淑瓊（2009）等，後者如李柏諭（2005）、陳定銘（2006）、張瓊玲（2009）、林淑馨（2015）等。若再進一步整理非營利組織與政府協力或互動的相關文獻時則發現：相較於政府與非營利組織協力或互動理論與模式的探討，國內地方政府與非營利組織協力或互動之實證研究則相對不足，僅有少數幾篇論文是以此為主題進行較深入的討論，如呂朝賢（2002）、呂朝賢與郭俊巖（2003）、官有垣與李宜興（2002）等。整體而言，上述論文皆是以質化的深度訪談針對單一地方政府與非營利組織協力，或以特定非營利組織為例，觀察該組織與地方政府在特定議題上的協力情形並探討其所面臨之問題。雖有助於瞭解地方政府和非營利組織協力的關係，但或許因研究者所屬的區域特性之故，目前的研究多集中於嘉義地區，而鮮少看到其他縣市與非營利組織協力的相關研究。近期雖有林淑馨（2015）的研究是以問卷方式觀察臺北市非營利組織與政府的協力現況，但因調查對象僅限於臺北市，且有首都的特殊性，研究成果難以推論到我國其他縣市，對於掌握我國非營利組織與地方政府協力的整體概貌與課題仍有某種程度的限制。←**畫底線部分乃是作者的評述**

資料來源：林淑馨，2016：105-106。

不過上述《範例 3》的寫法較適合於期刊論文。因為期刊論文有字數限制，無法以大篇幅進行詳細的評述，但若是學位論文，為了彰顯研究者對該議題的掌握與熟悉度，建議以較多的篇幅針對所列之論文逐一進行精緻與完整的討論。

至於研究結果的討論與分析通常也是讓初學者感到棘手的部分。因為對於多數人而言，整理資料較為容易，但是如何從資料中讀取其隱藏的深層意義，則需要靠對研究主題的熟悉程度。例如統計圖表所顯示的數字，經常只能看到一些表面事實，然如何將這些事實予以進一步解釋與分析，使讀者瞭解事實所顯示的意義，甚至討論造成這些事實的因素，乃是一件相當不容易的工作。時下經常可以看見有些論文雖然使用大量的統計圖表或數據，但卻缺乏解釋，或是雖有解釋，但僅是用文字的方式將各欄資料重複一遍而已，卻沒有進一步討論與分析，殊不知這些數據圖表所象徵的意義僅有研究者才有深刻的認知與瞭解。若未能清楚說明，一般讀者是無法體會，而研究者也因此喪失與讀者交流的機會。

三、結論

結論是論文的最後部分，也就是收尾，所占篇幅雖少，但對於整體論文而言，卻最具特殊性且有畫龍點睛的效果，所以特別重要。嚴格來說，論文是否具學術與參考價值，結論扮演著相當重要的角色。也因此，多數的讀者在閱讀研究報告時，通常在看完緒論，認為該報告所提供的資料與陳述的內容符合本身的需求後，可能會跳過正文直接翻閱到結論部分，先察看結論是否有價值與值得參考之處，再決定是否要繼續閱讀全文。

大抵上，結論部分有兩項內容是必須寫出的：**一是研究發**

現，**另一則是研究建議**。所謂研究發現是研究者在透過各種研究方法進行完研究後所獲得的結果，無論結果是在意料中或意料外，都需清楚解釋與交待。倘若研究者是透過個案研究來檢視相關理論，更需避免在研究發現部分僅提及理論探討或個案研究的單一發現，盡量平衡陳述在理論與個案上的研究發現。由於多數研究的新手都容易認為本身的研究沒有重大的發現，而難以下筆，因此作者建議在撰寫研究發現時，或許可以回頭檢視研究問題，思考當初的研究問題是否皆被回答，從研究中是否發現什麼？或從這些結果中可以得到什麼推論等？

至於研究建議乃是研究者在研究完成後，根據己身的經驗所提出的建議，由於這部分涉及到研究者對該研究主題的瞭解與熟悉程度，最能顯現出該研究的適用性與價值，因此建議研究者在撰寫這部分時，盡量避免使用模糊不清的字彙，而嘗試提出有參考價值的具體建議。有關結論撰寫的部分將留待下一節再詳細介紹。

四、參考文獻

論文的最後通常會將整個研究報告中所引用過的所有著作目錄，根據中、西文和筆畫順序，整理排列為一個單獨部分，此乃「參考文獻」。關於參考文獻的撰寫體例方面，國內迄今無統一規定，甚至國內收錄於 TSSCI 的期刊，對於參考文獻的編排也都有各自的要求。以公共行政領域為例，目前國內公共行政學界則多數參考國際學術期刊 SSCI 的編排方式，參考文獻的寫法通常是依照作者名、年代、篇名、期刊名（或書名）、卷名、頁數（出版地）的順序，有關期刊論文與專書論文的寫法可參閱《範例 4》，以及本書的附錄二。

- 期刊寫法

官有垣、杜承嶸、王仕圖，2010，〈勾勒臺灣非營利部門的組織特色：一項全國調查研究的部分資料分析〉，《公共行政學報》，37，頁 111-151。

- 專書論文寫法

官有垣、王仕圖，2000，〈非營利組織的相關理論〉，蕭新煌等主編，《非營利部門：組織與運作》，頁 43-74，台北：巨流。

- 專書寫法

林淑馨，2017，《公共管理（增訂二版）》，新北市：巨流。

五、附錄

附錄是論文的附加部分，通常可有可無，沒有一定的限制。有無此部分通常視正文中是否有沒說到而需補充說明之處。一般附錄的內容包含：訪談大綱、逐字稿的整理、相關法令條文、圖表、問卷等。若將這些內容放到正文中恐怕會使內文過於龐雜，影響全文的連貫性，但若就此捨棄，卻又擔心阻礙讀者對研究過程或內容的瞭解，同時減少研究者與讀者的聯繫與交流，故以附錄的形式呈現。

六、圖表

一般論文鮮少都是文字，多少會輔以圖表來加以說明。因此，每本論文的每張圖或表都必須加以編號並賦予名稱，以便讀者知道該圖或表所代表的意義。另外，基於學術倫理，也都需說明每張圖或表的出處來源（如是引用還是作者自行繪製整理？）。就基本格式而言，圖的編號與名稱會放在圖的「下方」（參考範例 5），而表的編號與名稱則置於表的「上方」（參考範例 6），故簡稱為「圖下表上」。然而，這樣的編排方式並非一成不變，可能根據學科或雜誌編排要求而有所差異。

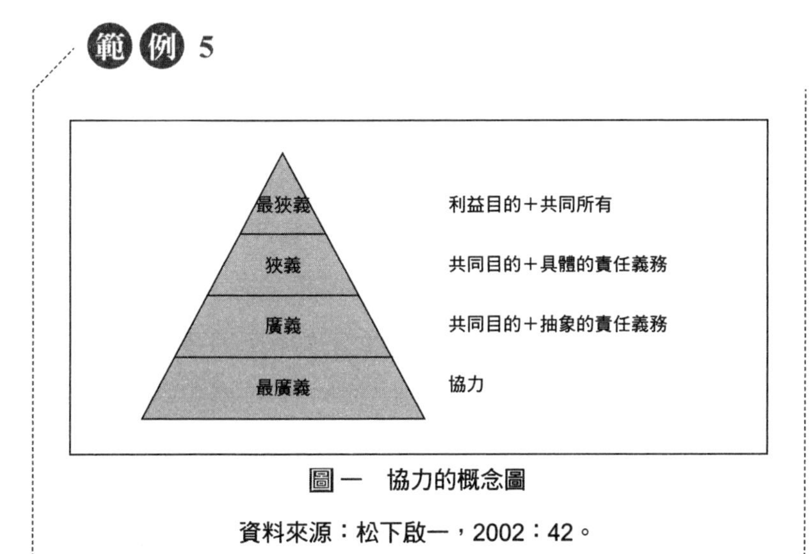

圖一　協力的概念圖

資料來源：松下啟一，2002：42。

範例 6

表 1　《災害對策基本法》中關於國家、都道府縣和市町村的權責分配

	設置災害對策本部	防災計畫	災害因應對策	
			避難指示	因應措施
國家	○（非常災害對策本部）	○（義務，防災基本計畫）	—	○（義務）
都道府縣	○（災害對策本部）	○（義務，區域防災計畫）	○	○（義務）
市町村	○（災害對策本部）	○（義務，區域防災計畫）	○	○（義務）

資料來源：作者自行整理。

七、註釋

整體而言，論文的基本結構與內容除了以上所述之外，還有一個部分雖難以歸納在論文的基本結構內，但其使用是否得當，卻也攸關論文的完整性與內容的充實度，此乃是指註釋的使用。

關於註釋的主要功用，可以整理為兩項：一是指出論文中引述資料的來源，以供讀者參證；另一則是藉此顯示作者治學的嚴格態度，所論有根有據，避免剽竊之嫌。註釋的種類可分為引證式、解釋式與參閱式三種，其中引證式因是在論文中引用前人資料必須加註出處時使用，為最常使用的一種註釋型態。至於解釋式與參閱式，前者乃是使用在為補充正文意見但又保持正文簡潔時；而後者是為顧及前後文內容的呼應，又避免文字過多重複時使用。無論何者，若研究者能熟悉其運用技巧，在撰寫論文時適時使用，不但能保持正文的簡潔，增加行文的流暢程度，而且可以使讀者獲得完整清晰的概念，有助於提升論文整體的深度。

8-3

結論的撰寫技巧一：研究發現的呈現

長時間的研究與持續寫作，常常使人會不自覺地離開了研究目的與核心問題，尤其是在撰寫結論時，一般的學生通常剛進行完訪談或發完問卷，還半沉浸在研究個案的情境中。在收尾時，常會犯下以個案的結果作為整體論文的研究發現，卻沒有注意到這只是「個案」。因此，為避免類似情形的發生，建議讀者應該重新檢視全文，再次思考本身研究的初衷，重新閱讀第一章曾寫過的「研究目的與問題」，讓自己的思緒再次回到「過去」（第一章）。大抵而言，較正式的結論呈現方式包含「發現」與「建議」兩部分。以下，作者根據本身寫作與指導學生論文的心得，歸納出撰寫研究發現的技巧如下：

一、強調理論與實務的對話

「研究發現」可說是結論中最重要的一節。畢竟在經過為期一、兩年的研究後，究竟有何發現？而此發現又有何貢獻與價值？不但是多數閱讀論文的讀者想要知道的，應該也是每位指導教授或口試教授最關心之處。以個人而言，每當拿到一本論文時，先看題目外，就是直接翻到最後一章看「研究發現」，研究發現大概符合「格式」，那這本論文的品質應該八九不離十，倘若這部分寫的「零零落落」，那整本論文的品質應該也不太被期待。

究竟如何才能寫好研究發現呢？整體而言，研究的進行應該是有始有終，即使到了最後，還是必須考量論述的一貫性、整體性。倘若研究的過程中有使用個案來加以論證，那麼在結論的部分，即應注意避免只提理論或個案單一的研究發現或建議，盡可能做到讓「理論與實證對話」，亦即在研究發現部分，可以嘗試將理論與個案相互對照，探討是否有理論所忽略或透過實證可以修正理論之處的，或是有哪些論點是不適用在實證的。事實上，在每次學生論文口試時，我必會拿出來講評的「壓箱台詞」之一，就是「理論與實務或實證的對話」。

根據指導和審查論文的經驗，大部分的學生在理論整理與建構上較弱，甚至有許多學生根本不知為何要整理理論，所以學生間流行一句話：「找個理論套到論文去。」就是這樣不清楚的觀念，導致多數的學生在撰寫論文結論時早已經忘記有「理論」這章。「理論」對學生而言，似乎只是給老師不得不的交代，告訴老師或讀者：「我有理論喔！」相較於對理論的陌生，大部分的學生對自己所研究的個案多半較有興趣，在實證方面也較強，再加上剛進行完第四章的實證研究，印象最為深刻，所以造成多數論文的研究發現要不就專寫實證部分的發現，再不然就是以實證發現為大宗，理論部分只有一小段。

曾有學生對我的質疑提出反駁，說道：「我們只是學生，哪有能力建構新理論？或發現新理論？」。這話或許沒錯，要求研究的新手發現新理論，似乎太強人所難，更何況哪有那麼多理論好發現。但是無法建構新理論，卻不意味研究發現就只能寫「實證」，可以嘗試透過實證來「檢視」前面所閱讀過的理論是否完全正確？或是討論研究結果對理論有哪些貢獻？若研究發現與理論有些不符之處，研究者須說明為何出現「不符之因」，如抽象方法不同、年代不同等。參閱範例 7 和範例 8 所示，先敘述研究結果，再將結果與前面所整理或介紹過的相關理論比對，結果發現該結果無論和國內外學者所提出之論述有所差距，此乃可以視為是重要的研究發現之一，也較具有學術參考價值。

範例 7

……有非營利組織即表示，政府與非營利組織在災害協力方面僅存有形式的單向關係，一旦災害發生，非營利組織雖基於公益使命主動協助政府，但因雙方在協力治理過程中缺乏共同決策、資源分享的實質雙向交流與互動，信任基礎薄弱。此結果不僅有違 Thomson 與 Perry（2006）、Ansell 與 Gash（2007）以及曾冠球（2011）等人所提出的協力治理重要特性之一，也就是利害關係人必須直接參與決策制定，透過集體對話而產生共識外，也與 Sullivan & Skelcher（2002）、Bloomfield（2006）、李長晏與曾淑娟（2009）等國內外多數學者所強調，協力治理需立基於信任的基礎上，在互動過程中擁有共同目標和共享資源的理論不符，甚至與王文岳和楊昊（2013）所言，如欲強化災害治理的連結，應避免由政府、民間或非營利組織任一方所主導，才能建立相互協調機制等論述有某種程度落差。

資料來源：林淑馨，2017：23-24。

範例 8

……但細緻觀之，這兩項因素仍舊會在這類基金會的執行長薪酬決定上發揮一定的影響作用，而這樣的結果與 Gary、Benson、Hallock（2002）、Oster（1998）等人的研究某種程度上是相呼應的。

……作者認為，有一部分是因為調查研究的限制所致。在華人社會進行調查時，有關個人薪資與福利，常被視為個人隱私的一部分，受調查者普遍不願據實以告。為突破此限制，研究者不得不在問卷設計上以劃分好的薪資級距取代實際薪酬數額的填寫，採用這樣的策略，主要也是希望能提高此項問題的回答勾選率，但卻以犧牲獲得更為精確的資訊作為代價。而相同的研究限制也出現在官有垣（2008）、陳惠娜、邱慶祥（2002）等人的研究中。

資料來源：官有垣、杜承嶸、康峰菁，2009：93。

舉個例子來說，作者在寫博士論文時，整理過民營化的相關理論，所有支持民營化的學者幾乎都提出「國營事業民營化後，會帶來經營效率的提升，以及營收的增加」，但是作者經過以鐵路和電信兩事業的實證研究後卻發現，這樣的理論是有缺失的。如果要符合這樣的理論，前提必須是該國營事業是「非獨占」事業。以日本鐵路來說，民營化前因為鐵路市場已經開放，所以藉由民營化可以達到效率提升，收入增加的目標。但電信事業卻未必如此。民營化前的電信市場若是獨占，民營化後伴隨市場的開放與競爭者的加入，效率雖會提升，但營收卻不增反減。所以，**透過個案研究，作者可以回過頭去「補充」「修正」先前的理論，使其更加完善。**

又如作者（2009）在〈日本型公私協力推動經驗之研究：北海道與志木市的個案分析〉一文中，曾整理出「日本有關協力的概念可以分為「最狹義」、「狹義」、「廣義」、與「最廣義」四種類型，其中，「狹義」與「廣義」的協力定義之區分在於責任與義務的具體與否，前者是指為了某種共同目的，公私雙方在資金、勞務或技術方面進行協力，而被賦予具體的責任與義務；……」，而在該篇論文最後，作者透過北海道與志木市的個案來檢視前述的協力定義發現，日本地方自治體在推動公私協力時，強調區域公共性的保障，為避免日後協力的雙方發生責任推諉的情形，造成地方自治體之困擾，著重於在進行協力之初，即對於彼此的「責任義務」予以明確訂定，因而多使用「狹義」的定義來解釋協力的概念。因此，研究發現的標題之一，乃是**為保障區域公共性，日本的協力採「狹義」之概念，強調「責任義務」**。

為避免研究新手在撰寫結論時毫無章法與脈絡可循，有些指導教授會乾脆要學生在寫研究發現時，依照先前所提出的研究問題，逐一詳細回答。此方法雖也不錯，中規中矩，可以降低學生在最後遺漏先前所提出的研究問題，造成太大的研究疏失。但多數學生可能不習慣這樣的處理方式，在寫作上容易流於類似問答形式，較為呆板，而不像是文章。

二、嘗試將研究結果整理成簡單的圖表

作者認為在撰寫研究發現時，在寫作的技巧上是要避免使用過多絕對性的語言文字和採取保守式的論述，以給予讀者和研究者再思考的空間。而在結果的解釋和討論方面，研究者需對研究結果有清楚的解釋，必要的時候可以運用自行整理的圖表來加以說明，更能提升論文的價值。

以範例 9 為例，此乃是作者在 2002 年發表於台北大學《行政暨政策學報》的〈鐵路改革的比較分析：以 OECD 國家為中心〉的論文。在該論文中作者整理說明日本型和歐洲型鐵路改革的不同，日本型採 「車路一體」和「水平分離」，而歐洲型鐵路改革又可再區分為「德國式」（可再細分為德國和法國、瑞典等其他國家）和「英國式」兩類。此兩類的鐵路改革共同特點是都採「車路分離」和「水平分離」，但唯有「英國式」的鐵路改革採用「特許制」。由於內容涉及較專業複雜的制度探討，為使讀者能一目了然，作者在結論部分將 OECD 國家在鐵路改革中所使用的各種方式整理成表格。如此一來，相較於內文中較為專業與學術性的論述，像這樣的表格比較淺顯易懂，同時也有「研究集大成」之意。

9

先進國家鐵路改革之比較

項目／型態		完全民營化（股票上市）	車路分離	解除管制	水平分離		特許制的實施（參考例）
					事業分離	區域分割	
日本型		△	×	△	○	○	×
歐洲型	德國	△	○	△	○	△	×
	英國	○	○	△	○	○	○
	法國	×	○	×	×	○	×
	瑞典	○	○	△	○	×	×

資料來源：作者自行整理。

注：1. ○代表完全實施，△代表部分實施，×代表尚未實施。

2. 法國和瑞典同為歐洲型的參考例；特許制也因非實施民營化的主要方式，故也為參考例。

8-4

結論的撰寫技巧二：研究建議避免流於空洞

大抵而言，研究建議可以區分為「研究建議」和「後續研究的建議」兩部分。所謂「研究建議」是指研究者根據前述研究所得之結果，提出對於相關單位或研究對象之建議，以作為日後參考或改進之基礎。然值得注意的是，研究者所提之建議要盡量具體且有可行性，避免過於抽象和流於空洞。作者就曾經看過某篇論文，在最後研究建議部分提出「修改憲法」之意見。當然，修憲雖未必不可行，但是憲法是國家根本大法，豈能夠隨意修改？就算真的要修改，改哪一部分？哪一條？理由也都需陳述清楚，而非僅是不負責任的說個大方向，這樣算不上是有效建議。又如曾看過某篇探討政府創新作為的研究，最後的研究建議竟是「政府需以身作則喚起共同願景」，這是否有些抽象？且範圍過大，不知所云了呢？

以前述〈我國電信事業民營化對普及服務影響之實証研究〉一文為例，作者在研究建議部分分別提出「普及服務範圍的再檢討；縮減不經濟公用電話補助範圍之政策方向的再思；盡速將『海岸電台』從普及服務內容中移除；建構公平市場競爭機制，提升民間業者提供普及服務的意願；補助金發放制度的建立；中華電信完全民營化後普及服務供給責任的檢討」等共六項。然而，如果沒有說明清楚，讀者是無法瞭解該建議的

「基礎」為何？為何會有此建議？所以，**建議本身是不會「憑空出現」、「天外飛來一筆」的，一定是立基於前述的理論基礎或訪談結果所得來，因此內容越是清楚、具體，可行性應較高**。就曾經有看過論文，研究建議是「突然冒出」的，為何說是「突然冒出」？這是因為建議的內容前面都沒有提到。一問之下，學生給了個令人哭笑不得的答案，他說：「我覺得我只是個學生，提不出偉大建議，所以參考了學者專家的建議，用自己的話寫成研究建議」，殊不知這樣已經犯了寫論文大忌——「抄襲」的天條。

範例 10

第一、普及服務範圍的再檢討。由研究結果得知，關於普及服務的範圍，目前業者多質疑以人口密度作為偏遠地區的定義基礎之合理性，認為應考量實際營運情況，避免將非偏遠但卻是不經濟地區之補貼予以排除，造成業者執行普及服務的困難。因此作者認為，如欲使偏遠地區的定義能建立在合理基礎上，不應僅以五分之一、七·五公里的數據作為認定範圍，還需參考各區域的結構特性和盈虧況狀，以訂定較為合理之標準。

另外，由於我國普及服務制度的設計是以不經濟地區為主要劃分，而非以任何特定對象的需求作為考量，因此殘障用戶、老年用戶、甚或低收入戶均被排除在普及服務的供給對象之外。作者認為，雖然我國以偏遠地區作為普及服務供給對象的作法在執行上頗為簡便，卻也造成未能考慮不同需求的對象，而產生制度設計的弊病。因此，若欲使普及服務制度能更臻完善，建議政府相關單位應定期召開檢討會，討論普及服務執行現況與制度的缺失，並考慮是否將殘障用戶、老年用戶及低收入戶等特定對象納入普及服務的供給範圍，以作為日後修正之依據，而如是的作法也正符合歐美等先進國家對普及服務的範圍並非一成不變，需適時予以檢討的期待。

（部分省略）

第三、盡速將「海岸電台」從普及服務內容中移除。無論參考國外文獻或實際訪談資料都可發現，「海岸電台」的服務本質並不適合列入普及服務的內容中，因而作者建議盡速將「海岸電台」部分，交由政府之專業部門負責，以減輕普及服務之負擔。

第四、建構公平市場競爭機制，提升民間業者提供普及服務的意願。由目前的語音通信與數據通信接取服務的供給來看，語音通信部分因新進業者之網路尚未建設完成，所以指定由中華電信負責執行，而數據通信接取部分雖其補助對象僅限為學校和公立圖書館，但由於缺乏誘因，一般仍選擇中華電信之電路。如此一來，更降低民間業者對提供普及服務的意願。因此，為使普及服務的供給也能達到自由競爭，用以提升品質，電信總局或許可以考量採取積極措施，給予民間業者一些優惠措施，使其能反映給消費者，避免中華電信一家獨大的情形。

至於在「後續研究建議」部分，是指研究者經過實際研究之後，發現採用的研究方法或研究面向有不足之處，但因為時間或是人力物力上的限制，所以無法顧及或改善；或是個人在進行研究過程中，發現該主題所可能延伸性的問題，因此可以在論文最後，建議後續者對這些面向或對該主題有興趣者繼續朝此方向努力。然而，時下常看到的論文是，若本身的論文是用質性的「訪談」研究，在後續研究建議部分就建議其他研究者進行「問卷調查」，或是自己的論文是探討台灣現象，就建議後續研究者擴大研究範圍到美日。但這樣的後續建議真的對嗎？或許多數人在論文寫到最後已經呈現無力的虛脫狀態，可是這樣不負責任的建議，會使好不容易辛苦寫成的大作，功虧一簣，露出破綻。試想：使用質性的訪談研究一定有其特質，如需要對個案進行深度瞭解，在此情況下，是否適合進行問卷調查？就值得深思了。

總結以上可知，如何將辛苦多時的研究成果有系統、專業地呈現出來，本身就是一門很大的學問。論文寫作不僅需要研究者的「專業知識」能力，同時也考驗其「邏輯」與「組織」能力，而結論部分的良莠與否更關係寫作者的「耐力」。論文本身就如同一株樹般，如何使其筆直成長而不致枝葉散亂，全靠寫作者不斷地自我閱讀與修正，或許可以嘗試從「第三者」的角度用「批判性」的眼光來閱讀自己的論文，「論述是否合理清楚？」、「建議是否確實可行？」、「理論是否與實務對話了？」相信經由這樣不斷反覆的閱讀、反思與修正，對於自身寫作能力的養成，應有相當的助益 進而完成一本「無愧於己」的有深度之論文。

寫作小叮嚀

- 閱讀時，注意寫作風格，而不只是文章的內容。如果讀起來感覺非常有吸引力，會不會是因為寫作風格使然，而不只是內容吸引你？
- 多用具體字眼，少用抽象術語。多用淺白易懂的常用字眼，少用冷僻難懂的語詞。
- 善用標題，凸顯實質訊息。有些研究者根本完全不用標題，好像是在寫隨堂作業一樣。比較理想的標題，應該盡可能使用簡明扼要的片語或短句，以便讀者能夠望題知意，幫助掌握段落或章節的題旨所在。
- 前言該寫些什麼，只能靠自己費心多加斟酌。寫的太過於個人化，可能會顯得自我中心，導致讀者認為缺乏普遍重要意涵，因此沒興趣閱讀。太過疏離的寫法則可能讓人覺得冷冰冰，缺乏人情味。
- 寫作的潤飾修改。一般人多半不具有天賦異稟，不太可能一下筆就完美無瑕，所以必須投入時間反覆修改。稿件修改的越多，變好的可能性就越高。

最後，祝福所有有心寫好論文的讀者們，都能完成您心目中的理想美夢，早日完成一本有建設性與參考性的學術論文。

・參考文獻・

林淑馨，2002，〈鐵路改革的比較分析：以 OECD 國家為中心〉，《行政暨政策學報》，34：125-154。

林淑馨，2004，〈我國電信事業民營化對普及服務影響之實証研究〉，《政治科學論叢》，22：221-254。

林淑馨，2009，〈日本型公私協力推動經驗之研究：北海道與志木市的個案分析〉，《公共行政學報》，31：33-67。

林淑馨，2011，〈民間參與公共建設的迷思與現實：日本公立醫院 PFI 之啟示〉，《公共行政學報》，39：1-35。

林淑馨，2012，〈日本地方政府促進非營利組織協力之理想與現實〉，《政治科學論叢》，51：95-132。

林淑馨，2016，〈台灣非營利組織與地方政府協力的實證分析：以六縣市為例〉，《政治科學論叢》，69：103-148。

林淑馨，2017，〈從協力治理檢視日本的災害防救：以東日本大地震為例〉，《行政暨政策學報》，65：1-37。

官有垣、杜承嶸、康峰菁，2009，〈非營利組織執行長的薪酬探討：以台灣社會福利相關類型的基金會為例〉，《公共行政學報》，30：63-103。

黃光雄、簡茂發，1997，《教育研究法》，台北：師大書苑。

葉至誠、葉立誠，2001，《研究方法與論文寫作》，台北：商鼎。

葉重新，2001，《教育研究法》，台北：心理。

楊國樞、吳聰賢、文崇一、李亦園編，1980，《社會及行為科學研究法（上冊）》，台北：東華。

鄭怡世，2001，〈民間福利服務輸送型組織與企業組織合作募款經驗之探討〉，《社會政策與社會工作學刊》，5(1)：171-210。

附錄一
簡報技巧與口試應注意事項

論文完成以後離畢業只剩下最後也最重要的一關，那就是口試。一般而言，社會科學領域的碩士論文口試時間大約兩小時，前 15-20 分鐘是研究者針對該論文的內容進行成果報告，之後再由口試委員（碩士口試 3-5 位，博士口試 5-7 位）輪流提問，而研究者必須針對提問進行答辯與說明。由於大多數的人都沒有學術論文口試的經驗，因此不免感到緊張與恐懼。在本書最後，作者以自己多年來的口試與指導學生經驗，嘗試整理出下列簡報與口試應注意事項以供讀者參考。

一、簡報的技巧

如上所述，碩士論文口試時個人簡報時間約有 15-20 分鐘。為了避免報告時間拉長，中途被要求「時間到」而草草結束，奉勸各位準碩士生最好能透過事先的演練，讓報告的內容能在既定的時間內完整呈現，不但能提高口試委員對您的論文之評價，也可以為自己的研究生生涯劃下完美的句點。

但是要在既定的時間內完成報告，對於一般的發表者而言似乎有點困難。因為好不容易寫完一本厚厚的論文，對作者而言，章章是心血（每節都是重點，每章都很重要）。如何在短短的 15-20 分鐘內報告完畢，又不會遺漏最關鍵之處，則考驗著發表者的智慧。根據個人經驗，由於每位口試委員事先都已

經閱讀完該論文，因此，發表者在報告時應留意下列幾項：

（一）投影片的張數、字數不要太多

根據經驗，每位口試委員事先大都會閱讀該論文，因此，報告的內容要講求「重點」，投影片的張數不要太多。因為太多，反而不知重點在哪。如果是 15-20 分鐘的報告時間，投影片不要超過 30 張（有圖片者例外，但圖片也不適合放太多），盡量讓每張投影片的停留時間均衡。曾經遇到學生在口試時準備上百張投影片，內容或許豐富，但是最後每張投影片都無法清楚說明，只能飛快略過，無法產生任何效果。

另外，切記，每張投影片的字數也不要太多，密密麻麻的字，也不容易顯現出重點。最好能以簡單圖表，搭配簡潔文字加以說明。有部分的學生或許是為了節省時間，直接將論文的某段落複製到投影片中，但卻沒考慮到字數太多，細小的字會讓人頭昏眼花而失去耐性，對口試反而產生不好效果。

（二）投影片的背景不要太花俏

一般來說，現在的學生對於電子科技產品的使用都很在行。因此，投影片的製作通常難不倒他們。但卻也因為過於在行，在製作投影片時常會加入很炫的「聲光效果」，或是七彩繽紛的字體，希望引起口試委員的注意與讚賞。不過提醒各位，口試是在測試你的專業，投影片背景的選擇盡量符合論文的感覺，字體的顏色與大小最好統一，不要太花俏，更無須過多的聲光效果，這些恐怕都不太會給口試委員留下深刻的好印

象（至少這是我個人的感覺）。

（三）報告重點的配置

關於報告的內容與重點，或許會因科系不同而有些許差異。但基本的重點配置都脫離不了下列的內容：

重點一：簡述研究背景、動機、目的與問題。雖然論文的第一章中已經有詳細論述，但如能透過現場簡單的口頭報告，可以讓口試委員更加清楚論文的概況。

重點二：解釋論文的研究架構。一般社會科學的論文通常有研究架構，該架構是如何而來，其中的要素、指標需要詳加說明。這部分是許多口試委員很在乎也是必會發問之處。與其含糊帶過，導致後來被提問，不如在發表之初，自己先講清楚說明白。

重點三：說明個案與樣本的選取。如果論文有採用個案研究或是進行訪談、發問卷者，應該說明是如何選取個案，或是訪談者，若是採行問卷發放，也應該說明發出多少問卷、回收多少問卷。雖然這些部分內文中都會介紹，但因為屬於報告者重要的第一手經驗研究，建議應在簡報過程中加以說明。

重點四：分享研究發現與建議。這是簡報中最重要的關鍵部分。畢竟一本論文的完成，最重要之處就是結論，而各位口試委員最想聽的也是「透過本研究，你究竟發現什麼？瞭解什麼？釐清什麼？」因此建議在這部分可以分配較多的時間（10-12 分），詳細地說明發現與建議的內容。

（四）請不要「照稿念」

除了上述幾項重點之外，還需注意簡報時千萬不要「照稿念」。或許多數人在簡報時都會很緊張，大腦呈現一片空白的狀態，所以只能照稿念，比較能控制時間也不致出錯。但是「照稿念」給人的印象是，報告者對於論文本身的生疏，無法產生加分效果，所以建議報告者事先進行演練，學習看著投影片練習說故事，一定比念稿生動活潑，進而引起口試委員的好感與注意。

二、口試時應注意的事項

一般學生都很害怕口試，擔心教授會提出很難的問題，自己無法回答。此時，我都會告訴學生：「不要擔心！如果這本論文是你親手完成的，那麼你才是專家，應該不會有人比你更懂它。」因為即使是指導教授，或許熟悉相關理論，但也未必完全明白你的研究相關細節，尤其是個案。所以，就持平常心，將口試當作是研究經驗的分享，就不會那麼緊張了。不過，即便如此，口試還是一項「考試」，如何使這項考試產生加分的作用，是一件很重要的事情。就個人經驗，發表者在口試前與口試時應注意的事項分別如下：

（一）口試前應注意的事項

一般來說，口試前應注意的部分著重在「準備」工作。準備的越完善，越有助於口試的順利進行。那麼口試前應準備的事項有哪些？

1. 錄音工具：之所以要準備錄音工具是為了避免口試時因過度緊張，而無法聽清楚口試委員的問題與建議，而影響後續論文的修正。有的指導教授在口試完後會要求學生將口試委員的意見先整理，再據此討論如何修改。此時如有事先錄音，就可以「事半功倍」，避免有任何遺漏。當然，也有部分學生在口試時是請好友幫忙加以記錄。然即便如此，還是可能發生聽不清楚，無法記錄的情形。這時若有錄音，反覆重聽，應可以協助對問題的理解。但錄音工具切記要先測試，否則可能會發生錄了半天，卻什麼都沒錄到的窘境。
2. 整齊的服裝：論文口試算是一個相當正式的學術發表場合，必須以較嚴肅的心情來面對。因此，為了表示對口試這件事，以及口試委員的尊重，建議發表者應放棄平常穿習慣的牛仔褲、夾腳拖，改穿著整齊的正式服裝（大部分的研究生會穿著西裝或套裝，男生至少是襯衫、西裝褲，多半打領帶，女生是襯衫、短裙），以顯示出你的專業與對口試的重視。
3. 簡單的飲品：由於口試所耗費的時間較長，中途會有討論的過程，為避免口試委員口渴，可以準備簡單的飲料，如白開水或茶，但也有些研究生會根據指導教授的喜好準備咖啡、果汁或小點心，這些都是在合理的範圍之內。不過卻不建議準備太過豐盛，如同在大拜拜般，這會讓口試委員感到有壓力的。

（二）口試時應注意的事項

第一、如果聽不清楚口試委員的問題，或是不瞭解問題的意涵，千萬不要亂回答。可以嘗試用自己的理解將委員的問題再重複一遍，詢問委員「請問您的問題是否是……意思？」，如果沒錯再回答。倘若有所出入，委員會再說明一次，這時可得趁機聽清楚再回答。口試時最忌諱「瞎掰」，這會讓口試委員對你產生不好的印象，懷疑你的專業能力，而影響最後論文的總成績。

第二、盡量回答口試委員的問題，展現你對研究的誠意。如前所述，沒有人會比發表者更瞭解該論文的內容，因此，對於口試委員的提問應謹慎、詳細地予以說明。因為口試其實就是一種雙向的「對話、討論」的過程，在此過程中，委員們想確認和瞭解發表者的想法。有些學生可能是太緊張或是沒有自信，當口試委員一提問，就使勁點頭，要不就楞在那裡。其實有些時候，口試委員可能沒有詳讀你的論文，對論文的部分內容可能不是瞭解的很清楚，甚至可能誤解你的原意。若不把握機會澄清或說明，除了會讓人產生誤解，甚至懷疑你的論文寫作過程外，也會質疑你的專業。所以，千萬不要害怕，盡量將自己的想法予以表達、說出，讓口試委員可以當場感受到你對研究的高度誠意與熱誠。

整體來說，口試過程的好壞的確會影響論文的整體成績。有的論文或許沒有寫的非常出色，但因發表者在口試過程時給人的印象是「概念相當清楚」、「對論文內容瞭解非常完整透徹」，就會產生加分的效果。因此，奉勸各位準碩士生，別以為論文寫完就沒事而小看口試，多花點心血用心準備與演練，多熟讀論文的內容，可以降低因臨場緊張而可能產生的犯錯機會，使口試的進行更加順暢，而不致空留遺憾。

附錄二
正文與註腳及參考文獻的寫法

論文寫作有既定的標準格式，一般而言，多分為篇首（Preminaries）、正文（Body of Text）與參考資料（Reference Matter）三大部分，每部分又由數個小部分所組成。以篇首來說，涵蓋標題（Title）、摘要（Abstract）、內容目錄（Table of Contents）、附表目錄（List of Tables）、附圖目錄（List of Figures）；正文部分則包含緒論（Introduction）、文獻探討、本文（Body）與結論（Conclusion）；最後則是參考文獻（References）與附錄（Appendix）。

相較於正文寫作已發展出較統一的標準，國內各研究領域關於引註、註腳及參考文獻的寫法，至今尚未有一完整的規範。雖然部分學校所發行的學報或碩博士論文有規定標準的格式，但有多數學校仍未有明確的規範。因此在本書最後，為避免讀者日後在撰寫論文時遇到正文格式、引註、註腳與參考文獻等格式方面的困擾，乃以台灣大學所發行的《政治科學論叢》以及台北大學的《行政暨政策學報》的論文撰寫格式為基礎，整理出較常使用的基本撰稿體例如下，以供讀者參考。然作者認為，無論採用何種撰稿體例，最重要的乃是「始終如一」，而不應在文中將多種不同格式相互參雜使用。

一、正文寫作格式

（一）標題寫法

1. 中文標題以「壹、 一、 （一） 1. (1) a. (a)」為序。
2. 英文標題以「I. A. (A) 1. (1) a. (a)」為序。
3. 除文章名置中之外，其餘標題一律靠左。

（二）標點符號

在中文部分請用全形，英文部分採用半形；如中英文夾雜，則視前文所接為中文、英文或行文脈絡來決定。

（三）引文寫法

1. 直接引述文句時，中文加單引號「 」，英文加雙引號 " "。

例：海德格說：「轉向在事態本身中作用著，它不是為我所發明，也不只發生在我的思想之中。」

例：As Raban stated: "The trial did not seal the myth of the Krays; rather, it broke it down into a long rehearsal of sordid facts."

2. 引語較長時，另起一段並縮排。

例：托氏的結論是：

> 革命並非總是事態越變越糟，每況愈下的時候發生的。事實正好相反，革命的爆發每每是因為人民在長期的壓迫統治之下生活，逆來順

受，忍氣吞聲之後，忽然發現政府正在鬆懈其高壓手段時揭竿而起反對政府而引起的。

3. 引語中復有引語，或特殊引用時：中文內含引句用雙引號『 』，英文內含引句用單引號‘’。

例：所謂「知識論不必依賴認知科學的經驗研究，就可以完全確認對『建構知識』之理解」。

例：So, “He would just talk calmly and rationally to a panel of psychiatrists, ‘and everyone would think we were the ones who were crazy.’ ”

4. 中文稿引用外國人名、著作、專有名詞時，請儘量使用通行的中譯，並於第一次出現時以「括號附加原文全名」；不常見的外國人名，可直接使用原名。

例：他早年因受到沙皇專制政權的迫害，而從自由民主的理念轉向 Nikolai Chernyshevskii 的「民粹主義」（populism），這種意識型態以凝聚被壓迫之人民的意識為號召，主張透過各種「恐怖活動」（terrorism）組織，破壞顛覆既定的政治社會秩序。

（四）註解

註明資料出處的註解，請一律以括弧夾註的方式放在正文適當之處。作者有兩人時，中文用頓號（、）連接，西文用 and 或 & 連接。作者為三人以上時，中文以第一位作者名加「等」表示，西文加 et al.

例：許多學者認為它最初出現於希臘亞理斯多德時期，而真正形成於十六世紀或十七世紀之間（石元康，1998：177；Cohen & Arato, 1992: 84）。

例：行政官員多會比民意代表低估問題的嚴重性，而會高估解決問題的效能性（陳文俊等，2001：139-160）。

（五）文中已有作者姓名時，括弧內夾註可省略作者名

例：胡適因而說這是「主張廢去主觀的私意，建立物觀的標準」（1991：301）。

例：如 Neumann 所指示的，現代資本主義與自由民主制之發展，提供了孕育極權獨裁的有利條件。除此之外，極權主義的意識型態亦是以自由民主之觀念為構成要素（1944：195-96）。

（六）針對內文或資料來源做補充說明性質的註解，請用腳註，以插入註腳方式自動產生於右上角

例：這種頭巾係白色的樹皮製成[4]

例：It was significantly higher in Germany than in the U.S.[2]

（七）數字寫法：統計數字與資料出版日期請用阿拉伯數字表示；非統計數字，如年代、表述性數字、法條以中文表示

例：該區共有男性 31,586 人，女性 30,816 人

例：本研究發現從一九五一年到一九七〇年

第二次大戰前夕

伯恩公約第二條之二第二項

（八）圖版、插圖及表

1. 圖版寫法：圖版 1 或 Plate 1
2. 插圖寫法：圖 1 或 Figure 1
3. 表的寫法：表 1 或 Table 1
4. 以上圖版、插圖、表若有同一類而進行區分時，請一律採 1-1, 1-2, 1-3……標明。

   例：圖版 1-1、圖版 1-2 或 Plate 1-1、Plate 1-2

   圖 2-1、圖 2-2 或 Figure 2-1、Figure 2-2

   表 3-1、表 3-2 或 Table 3-1、Table 3-2
5. 圖表名稱與註解的位置：圖版與插圖號碼及名稱應置於圖之正下方，表號碼及名稱則置於表之正上方；圖註、表註在圖下、表下對齊靠左。

   圖例：

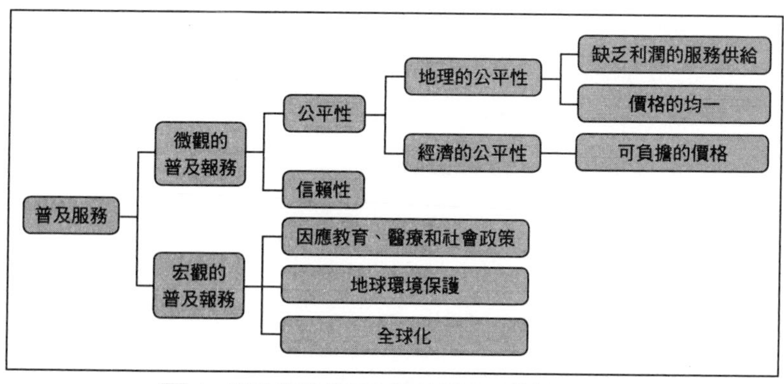

圖 1　郵政事業普及服務的概念及其構成要素

資料來源：林淑馨（2003：234）。

表例：

表 4　兩波地方菁英效能判斷類型分佈及差異檢定（使用七項）

類型／波段	樂觀型		平衡型		悲觀型		合計
	%	N	%	N	%	N	N
第一波（1993）	46.2	134	12.8	37	41.0	119	290
第二波（2001）	57.6	195	10.1	34	32.2	109	338

X2＝8.18356　　DF=2　　P=0.01683

資料來源：廖達琪、黃志呈（2003：95）。

二、參考文獻

參考書目以列出正文中引用之文獻為必要。按先中、日文後西文，中文以作（編、譯）者姓名筆畫順序由少至多排列；西文文獻按字母順序依次排列。各類文獻依下列原則處理：

（一）專書

中文：作者，出版年，《書名》，出版地：出版者。

英文：Author’s Name, Year, Title of the book, Place of Publication: Publisher.

例：林淑馨，2007，《日本非營利組織管理》，台北：巨流。

例：Hirsch, E. D., 1967, *Validity in Interpretation*, New Haven: Yale University Press.

（二）期刊論文

中文：作者，出版年，〈篇名〉，《期刊名》，卷（期）：頁數。

英文：Author's Name, Year, Title of the article, Title of the Periodical, vol.(no.): page numbers.

例：官有垣，2002，〈國際援助與台灣的社會發展：民間非政府組織角色扮演之歷史分析〉，《社會政策與社會工作學刊》，6(2)：131-171。

例：Skocpol, Theda, 1997, The Tocqueville Problem: Civic Engagement in American Democracy, *Social Science History,* 21(4): 455-79.

（三）專書論文

中文：作者，年代，〈篇名〉，編者（編），《書名》，出版地：出版者，頁碼。

英文：Author's Name, Year, Title of the article, in Editor, ed., Title of the book (page numbers), Place of Publication: Publisher.

例：孫煒，2007，〈台灣第三部門與政府互動的政策分析：新治理的觀點〉，丘昌泰（主編），《非營利部門研究：治理、部門互動與社會創新》，台北：智勝，頁 123-156。

例：Dijwandono, J. Soedjati, 1988, The Role of ASEAN in the Asia-Pacific Region, in Kim, Dalchong & Noordin

Sopiee, eds., *Regional Cooperation in the Pacific Era*, Seoul: Institute of East and West Studies, Yonsei University.

（四）研討會論文

中文：作者，年代，〈論文名稱〉，「研討會名稱」論文（月日），地點：主辦單位。

英文：Author's Name, Year, Title of the article, Paper presented at the Name of the Meeting (Date), Place.

例：蔡秀涓，2008，〈台灣民主治理機制鞏固之研究：各級公務人員公共服務倫理相關態度初探〉，「2008TASSPA 夥伴關係與永續發展國際學術研討會」論文（6 月 23 日），台中：東海大學行政管理暨政策學系。

例：Oropesa, R. S., D. T. Lichter & R. N. Anderson, 1993, Hispanic Marriage Markers and First Marriage Transitions, Paper presented at the Meetings of the Population Association of America (April 1-3), Cincinnati, OH.

（五）博士論文

中文：作者，年代，《論文名稱》，發表地點：學校及科系名稱博士論文。

英文：Author's Name, Year, Title of the dissertation, Doctoral dissertation, the Name of the University, Place.

例：蕭武桐，1996，《行政組織的倫理決策之研究——台北市政府公務人員倫理決策之實證分析》，台北：國立政治大學公共行政學系博士論文。

例：Tam, S. M., 1992, *The Structuration of Chinese Modernization: Women Workers of Shekou Industrial Zone*, Doctoral dissertation, Department of Anthropology, University of Hawaii, Manoa, HI.

（六）翻譯作品

依引用重點為作者原著或譯者譯著（包括譯筆、譯注或譯者引伸按語）而分：

以原著為主：Author's Name 著，譯者名譯，年代，《中文書名》，出版地：出版者。譯自 Title of the book, Place of Publication: Publisher, Year.（原著資料）

以譯著為主：譯者名譯，年代，《中文書名》，出版地：出版者。譯自 Author's Name, Title of the book, Place of Publication: Publisher, Year.（原著資料）

例：Smith, Adam 著，郭大力、王亞南譯，1972，《國民財富的性質和原因的研究》，北京：商務印書館。譯自 *An Inquiry into the Nature and Causes of the Wealth of Nations*, Oxford: Clarendon Press, 1880.

例：嚴復譯，1901-1902，《原富》，上海：南洋公學譯書院。譯自 Adam Smith, *An Inquiry into the Nature and Causes of the Wealth of Nations*, N.p., n.d.

（七）報刊文章

中文：作者姓名，〈篇名〉（如為一般性的報導可略去以上二項），《報紙名稱》，年月日，第 x 版。

外文：Author's name, "Title of the article," (omissible if news coverage) Name of newspaper, date, p. x or pp. x-y.

例：龍應台，〈五十年來家國：我看台灣的「精神分裂症」〉，《中國時報》，2003 年 7 月 12 日，第 E7 版。

例：Bumiller, Elisabeth, "Bush Embraces His Roots, and Some Connecticut Money, too," *New York Times*, April 10, sec.1A, 23.

（八）網路資訊

作者姓名，「篇名」，資料來源（電子資料庫或電子期刊名稱）：網址（www.xxx.yyy....）。

例：林淑馨，2007，「日本非政府組織與政府之外交協力」，台灣大學政治學系政治科學論叢電子版：http://politics.soc.ntu.edu.tw/old/psr/NO.32/32-03.pdf

三、其他注意事項

1. 西文作者姓名採 Last Name, First Name (initial). Middle Name (initial). 作者有二位以上時，第二位以下採 First Name (Middle Name) Last Name 之順序。

   例：Jakobson, R. & L. R. Waugh, 1979, *The Sound Shape of Language*, Bloomington: Indiana University Press.

2. 若同一作者有多項參考文獻時，請依年代先後順序排列。

例：Ricoeur, P., 1973, The Hermeneutical Function of Distanciation, *Philosophy Today*, 17(2): 129-141.

例：Ricoeur, P., 1981, *Hermeneutics and the Human Sciences*, Cambridge: Cambridge University Press.

3. 若同一作者同一年代有多項參考文獻時，請依序在年代後面加 a, b, c 等符號。

例：1978a

1978b

1978c

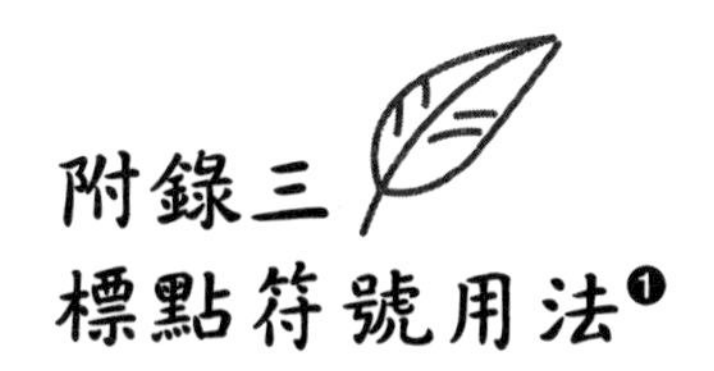

附錄三 標點符號用法[1]

作者在指導學生寫作論文的過程中發現，國內大學生或研究生對於標點符號的使用，缺乏清楚的認知。因此，在本書最後附上一般寫作常用的標點符號用法，幫助讀者釐清相關概念。

一、句號（。）

句號用於完整的敘述句、溫和的命令句，以及間接問句之句子字尾。一連串的列舉事項，或一覽表中的各種事項，不論其中是否包括完整的句子，均可省略句號。

二、問號（？）

含有疑問性意味之句子句尾應使用問號。若是句子的一部分含有懷疑、發問、反詰或詫異語氣者、亦應使用問號。含有請求意味的禮貌性問句的句尾，應使用句號而非問號。

三、驚嘆號（！）

驚嘆號用以表示驚訝、強調，或嘲諷意味。舉凡帶有喜、怒、哀、樂等情感，或表示願望、讚美、感嘆、命令、稱呼等

---

[1] 資料來源：葉至誠、葉立誠，2001：287-290。

語氣的詞句均可使用驚嘆號。

四、逗號（，）

1. 逗號可用以表示一連貫思想或長語句的分節分段。當兩個獨立子句用對等連接詞（如：而、但是、或、因為）連接起來時，逗號通常放在連接詞前。當複合述句（兩個或兩個以上的動詞，擁有同一主詞者）用連接詞連接時，連接詞前不可用逗號。（如：商鞅使得秦國大治卻結怨了許多貴族）
2. 兩個或兩個以上的詞、片語、子句，應該在每兩個之間加頓號。若是這些字、片語、子句較長時，可使用逗號。

五、分號（；）

分號更能表示較強的中止性，當一個包含有幾層意涵之複句的兩子句之間沒有連接詞時，應在其之間加分號，使之層次分明。當連接詞（如：因此、但是、所以、然後、可是等）用於複句中作為副詞，而作語意之轉承時，此類連接詞之前應用分號而非逗號。

六、冒號（：）

冒號通常用於引用一般有條理的敘述辭句之前，這段話如果是作者自己歸納的，加冒號即可，如果是引用他人之句，在冒號之後需加引號。「即」、「亦即」、「也就是說」、「例如」

等，其後應標上冒號。

七、破折號（——）

破折號是印一條長線，並且與相連的字之間，不岔空格。可用破折號介紹一個被主要句子重覆強調及解釋的要字或要詞。破折號在論文中大部分亦可以用冒號、圓括號替代。

八、圓括號 [（）]

圓括號主要用於：（1）分開插入的句子；（2）附上引句的資料來源或解釋說明某事，而不想用註釋；（3）列舉項目時，用圓括號分開數字。

九、方括號（[ ]）

方括號用於：（1）在一引句內，加入其它添改的文句；（2）在圓括號內，再添入插句時。此時對於一些不確定的資料，或自已考證出來的資料不甚確定者，可用方括號。

十、書名號（《》）或引號（「」）

1. 書籍、小冊、學刊、期刊、報紙、雜誌等之名稱都用書名號。
2. 叢書及版本之名稱通常不用書名號。
3. 未出版之博士、碩士論文題目、研究報告題目應用引號。
4. 廣播及電視節目之名稱用引號。

十一、刪節號（……）

刪節號是用以表示刪去詞句的符號。舉凡節錄文字，或不說、不能說的語句，或夢囈狀，或說不清楚，或沒說完等，都可以用刪節號表示。

十二、頓號（、）

頓號是用以標明語氣上最短暫停頓的符號，通常用在文句中，分開許多連用的同類詞。

十三、其它注意事項

1. 在包括有引號的句子中，其最後的逗號或句號，無論是否屬於原引用句之一部分，應加在引號之內（即下引號之前）。
2. 問號及感嘆號如果是屬於引句之內的，則加在引號內；如引號只是全長句的一部分，問號及感嘆號是屬於全句的，則加在引號之外。
3. 如單引號之內還要再加雙引號，則句號加在單引號及雙引號之內。
4. 插補句子在主句中間出現時，圓括號內的句點省略；插句獨立嵌在完整的主句之後時，圓括號內加句號。
5. 如不分條獨立列舉款目，則每一項款目內容與數碼標題之間，除圓括號外，不加別的標點。如：文化基礎的來源，可分：（1）社會遺產，（2）發明。